ZÉ DO LAÇO

RUANDA
Livros
Rio de Janeiro
2022

ZÉ DO LAÇO
a consagração de um boiadeiro

FILIPI BRASIL
pelo espírito PAI JOSÉ DE ARUANDA

Texto © Filipi Brasil, 2021
Direitos de publicação © Editora Aruanda, 2022

Direitos reservados e protegidos pela lei 9.610/1998.

Todos os direitos desta edição reservados à
Aruanda Livros
um selo da EDITORA ARUANDA EIRELI.

1ª reimpressão, 2024

Coordenação Editorial Aline Martins
Preparação Letícia Côrtes
Revisão Editora Aruanda
Design editorial Sem Serifa
Capa e ilustrações Vivian Campelo (@lomblinhas)
Impressão Trio Studio

Texto de acordo com as normas do Novo
Acordo Ortográfico da Língua Portuguesa
(Decreto Legislativo nº 54, de 1995)

Dados Internacionais de Catalogação na Publicação (CIP)
de acordo com ISBD
Bibliotecário Odilio Hilario Moreira Junior CRB-8/9949

B823z   Brasil, Filipi
       Zé do Laço: a consagração de um boiadeiro
   / Filipi Brasil, Pai José de Aruanda [espírito].
   – Rio de Janeiro, RJ: Aruanda Livros, 2022.
   160 p.; 13,8cm x 20,8cm.

   ISBN 978-65-87426-14-3

       1. Umbanda. 2. Ficção religiosa. 3. Psicografia.
   I. Pai José de Aruanda [espírito]. II. Título.

                                     CDD 299.6
2021-4853   CDD 299.6

     Índice para catálogo sistemático:

       1. Religiões africanas   299.6
       2. Religiões africanas   299.6

[2024]
IMPRESSO NO BRASIL
https://editoraaruanda.com.br
contato@editoraaruanda.com.br

ZÉ DO LAÇO

AGRADECIMENTOS

Agradeço, de coração, a Zambi Maior, a nosso pai Oxalá e aos sagrados orixás.

Agradeço ao mestre Jesus, guia supremo.

Agradeço ao Pai Caboclo Sete Flechas das Matas, guia-chefe de minha coroa e do *Templo Espiritualista Aruanda* (TEA), que me conduz, apontando o caminho com suas flechas sempre certeiras.

Agradeço ao querido amigo e mentor espiritual, Pai José de Aruanda, por sempre me banhar com sua amorosa luz, energia, inspirações e ensinamentos.

Agradeço ao espírito do Boiadeiro Zé do Laço, grande carreador de almas, por partilhar sua história conosco.

Agradeço à toda egrégora espiritual do TEA, meu chão, minha casa, minha raiz, minha principal realização nesta encarnação, pelo suporte e sustentação incondicional em minha vida.

Agradeço à Ju, minha amada esposa e companheira de jornada, que se esmera para transformar meus sonhos em realidade.

Agradeço aos meus filhos de santo por partilharem a jornada evolutiva comigo. Em especial, agradeço ao filho espiritual Gilson Santiago, por me acompanhar em mais este projeto psicográfico.

Agradeço ao Pai Caetano de Oxóssi, por nosso reencontro no plano físico, por nossas trocas de conhecimento e por, gentilmente, aceitar posfaciar esta obra.

Por fim, dedico este livro à minha amada e querida Umbanda, que "é força que nos dá vida",[1] que dá sentido à minha existência e que traz ensinamentos para que eu me torne uma pessoa melhor. A Umbanda fez e continua a fazer muito por mim. Por isso, espero que esta obra fique como um legado para a religião, elucidando dúvidas e desmistificando dogmas, tocando os corações e despertando consciências.

Um Saravá Fraterno,

Filipi Brasil
Dirigente espiritual do
Templo Espiritualista Aruanda

---

[1] Trecho do "Hino da Umbanda", composição de José Manoel Alves. [Nota da Editora, daqui em diante NE]

ZÉ DO LAÇO

1
O RESGATE

O céu, mais uma vez, parecia que ia desabar; uma nova tormenta se formava e os raios já o riscavam. A cada relâmpago, um novo clarão, e isso lembrava a luz do dia que há muito não se via, pois, naquele antro, a noite parecia não ter fim; os trovões reverberavam estrondosamente, parecendo fortes explosões.

Apesar de Pedro estar naquele lugar havia uma eternidade, não se habituara à força com que a natureza se manifestava. Nos últimos dias, vinha se sentindo muito cansado física e emocionalmente; várias lembranças de sua terna mãezinha surgiam em seu pensamento. Não aguentava mais os gemidos e os lamentos daqueles que partilhavam do fétido charco no qual se encontrava preso por tanto tempo; perdera a dimensão do tempo e do espaço. Vivia um sofrimento sem fim: a culpa e o remorso eram seus fiéis companheiros, não se achava digno de ser ajudado. No entanto, desde que as lembranças de sua mãe começaram a surgir em sua mente, um saudosismo assolou seu coração.

Lembrava-se da época em que, ainda menino, sentado sob uma frondosa mangueira, apoiava a cabeça no colo da mãe e ela, carinhosamente, afagava os cabelos do filho. Enquanto rememorava o passado, as lágrimas teimavam em escorrer dos olhos de Pedro, e ele não se importava mais; na verdade, nada mais importava para ele. Perguntava-se: "Por onde andará dona Lindava? Minha querida mãezinha, certamente, deve estar ao lado de Jesus, era uma anja". Várias lembranças voltavam à mente; ficava as rememorando por bastante tempo, e isso lhe acalentava.

— Pedro, filho do meu coração — Lindalva falava —, continuo ao seu lado. É hora de se perdoar, não adianta ficar preso ao passado, é hora de fazer um futuro diferente. Não permita que a culpa seja uma corrente invisível que o prende a este lodaçal em que se encontra.

Lindalva estava sentada em uma pedra, ao lado do filho, acariciando os cabelos dele, como fazia quando era um menino. Por estar em uma frequência vibratória muito diferente da de Pedro, ele não a percebia, tampouco os outros espíritos que se encontravam em semelhante situação.

Lindalva se destacava como um ponto de luz naquele cenário grotesco das regiões umbralinas. Aparentava não mais que uns 55 anos, usava um vestido azul-celeste, que se destacava sobre a pele morena, e tinha os cabelos um pouco grisalhos penteados para trás.

— Filho — disse Lindalva —, lembra-se de quando eu o ensinei a rezar? Vamos rezar juntos, pedindo à Virgem Maria que interceda por você junto ao Pai.

Pedro, apesar de não ver a mãe, registrava sua presença por meio dos sentimentos e, seguindo o conselho de Lindalva, lembrou-se de quando era menino e a mãe o levava à capela. Lá, sentavam-se em um banco de madeira e a mãe, apontando para uma imagem no altar, dizia:

— Aquela é Nossa Senhora, mãe de Jesus. Sempre que precisar, não tema em recorrer a ela, pois ela pede ao Pai Maior por todos nós.

Em seguida, Pedro e Lindalva se ajoelhavam diante do altar e a mãe pedia à virgem santa que sempre protegesse seu menino. Tais lembranças mexeram com os sentimentos mais íntimos de Pedro, e lágrimas escorreram abundantemente de seus olhos. Do pranto sofrido vindo do coração daquele homem simples, surgiu uma súplica de socorro.

— Mãezinha, onde quer que a senhora esteja, peça a Nossa Senhora e ao menino Deus por mim! Errei demais nesta vida, estou cansado de sofrer, arrependido de tantos erros, e tenho a certeza de que, se pudesse, faria tudo de forma diferente.

Lindalva, ainda o acariciando, respondeu a Pedro, emocionada:

— Filho, sempre agirei a seu favor. Maria não há de desamparar esta mãe que tanto sofre.

Neste momento, Lindalva voltou o rosto para o céu, entrando em prece.

— Meu Deus! Peço a Deus, ao mestre Jesus, rogo à Maria de Nazaré e à sua gloriosa falange que amparem meu filho que se desviou do caminho. Que ele seja digno de ser socorrido e amparado, assim como todos os que aqui se encontram afundados neste lamaçal de derrotas.

Do coração de Lindalva, uma forte e bela luz irradiava, envolvendo Pedro e os demais espíritos que o acompanhavam naquelas circunstâncias.

Havia cerca de quinze dias, Lindalva tinha sido chamada pelos mentores que dirigiam a colônia para uma reunião e fora informada de que tinha permissão para ficar junto do filho, Pedro, pois se aproximava o momento do resgate dele, depois de doze anos no umbral. Ela agradecera a Deus pela bênção concedida a ela e ao filho. Desde então, mantinha-se ao lado de Pedro, também ajudando alguns espíritos sofredores que se encontravam no local. Antes, sempre que possível, quando permitido, ela ia para junto do filho, mas agora era diferente: ela percebia algo distinto no íntimo do rapaz, notava que a dor e o cansaço fizeram brotar um sincero arrependimento, possibilitando o socorro.

Ao longe, como se fosse uma miragem, surgiu uma linda visão naquela devastação do charco: uma caravana, irradiada por uma luz azulada, composta por vários trabalhadores. Tamanha era a luz que era como se o dia tivesse raiado ali, fazendo vários espíritos ignorantes correrem de medo e outros sentirem-se incomodados, desferindo impropérios. Alguns clamavam por socorro, outros pediam água e comida a fim de saciarem as necessidades.

Muitos eram os caravaneiros que compunham aquela excursão às paragens. Eles vinham em nome da Grande Mãe, eram todos abnegados trabalhadores que compunham a Legião dos Servos de Maria de Nazaré. A luz azul que a caravana emanava simbolizava que aqueles legionários estavam sob a proteção do manto de Maria, que, mesmo localizada em esferas mais elevadas, por sua onisciência, era capaz de dar auxílio, protegendo todos os que servissem em seu nome.

Mesmo de longe, de pé na beira do pântano, Lindalva viu que a caravana estava protegida por guardiões que garantiam a proteção do grupo. Também avistou alguns cavaleiros que ajudavam na retirada dos espíritos a serem socorridos. Todos os que serviam à caravana traziam a insígnia da mãe do mestre Jesus. Lindalva se mantinha em prece, confiante de que o filho e os outros companheiros daquela depuração seriam socorridos.

Continuava observando aquela caravana de amor quando avistou uma turba de espíritos vibrando em ódio aproximando-se dos legionários com o intuito de atacá-los, pois sentiam-se afrontados pelos resgates realizados. Não tardou para que os guardiões entrassem em ação, lançando raios por meio de lanças e tridentes que faziam os espíritos contrariados tombarem imóveis, como se estivessem congelados. O pelotão de guardiões agia com perícia, também jogando redes de luz sobre os espíritos e levando-os para prisões em outras paragens. Os servidores de Maria tinham a função de guardar a caravana, não permitindo que os demais legionários fossem interrompidos durante o resgate ou na prestação dos primeiros socorros de muitos sofredores.

Presenciando o embate, Lindalva rogava a Deus, pedindo a proteção de todos. Não tardou para que um homem, montado em um cavalo branco, viesse a galope em sua direção, e ela o observou com deferência. Ele usava uma camisa de botões azul com as mangas dobradas, um chapéu de palha e uma calça cáqui; trazia no peito um laço atravessado e no braço direito o brasão da Legião dos Servos de Maria de Nazaré. O homem foi em direção à mãe de Pedro, saudando-a:

— Salve, irmã! Temos a permissão de levar seu filho e mais alguns que aqui se encontram.

— Muito obrigada, meu irmão! Eu me chamo Lindalva, e não sei como posso agradecer-lhe o socorro.

— Não tem o que agradecer, irmã! Agradeça à nossa mãezinha do céu — respondeu o cavaleiro, carinhosamente. — Meu nome é José, mas todos aqui me conhecem como Zé do Laço, o boiadeiro de Jesus.

"Interessante", pensou Lindalva, achando aquele socorrista peculiar.

— Mãos à obra, minha irmã! — finalizou Zé do Laço.

O boiadeiro retirou a corda que estava atravessada no peito e, com destreza, começou a laçar os espíritos que haviam recebido permissão para serem ajudados, incluindo Pedro. Amparado pelo cavalo, Zé do Laço foi retirando do charco um a um dos que seriam socorridos naquele dia — um total de quatro espíritos. O boiadeiro sacou da algibeira, que ficava presa à sela do cavalo, um cantil e o entregou a Lindalva, orientando-a que desse um pouco daquela água aos socorridos.

À medida que Lindalva dava a água aos assistidos e os amparava, ministrando-lhes passes, eles iam adormecendo.

Terminado o socorro inicial, Zé do Laço pediu que Lindalva se mantivesse em prece ao lado dos irmãos adormecidos até a chegada da caravana. Ele seguiria para outras localidades daquele sítio a fim de dar continuidade ao trabalho de socorrista. Lindalva assentiu, observando Zé do Laço partir com o cavalo em disparada.

Em seguida, a caravana se aproximou do lugar onde ela cuidava dos irmãos. Mais de perto, Lindalva identificou diversos tarefeiros que serviam à comitiva de Maria de Nazaré. O agrupamento de guardiões era o primeiro a despontar naquele destacamento — de aparência sisuda, faziam a guarda do grupo com seus olhares atentos. Eram seguidos por uma cavalaria que se vestia de forma semelhante a Zé do Laço. Lindalva ficou impressionada com a presença de mulheres atuando como guardiãs e amazonas, uma vez que, quando encarnada, no final do século xix, nunca tinha visto algo similar, pois as mulheres eram bastante submissas aos homens. A comitiva também era formada por inúmeros enfermeiros, médicos e técnicos que auxiliavam a campanha em nome do Cordeiro e sua mãe.

Lindalva seguia silenciosamente em prece, agradecendo e pedindo que Deus continuasse a abençoar os abnegados espíritos que trabalhavam em Seu nome.

— Olá, Lindalva! — Esta foi desperta dos pensamentos pela voz de um homem negro, de cabelos grisalhos e idade mediana, que transmitia uma enorme paz e, ao mesmo tempo, tinha um tom enérgico. — Eu me chamo Julius, sou responsável por este grupo de caravaneiros que servem à Legião dos Servos de Maria de Nazaré.

Maria, mais uma vez, intercedeu junto ao Pai por estes irmãos necessitados, concedendo-me a permissão de socorrê-los e encaminhá-los a outras paragens. Suas rogativas, Lindalva, cheias de amor em prol de seu filho, Pedro, foram ouvidas, e ele teve o merecimento de ser ajudado. Maria sempre ouve os clamores de fé das mães a favor de seus rebentos vindos dos mais diferentes lugares do orbe.

Lindalva, com os olhos marejados de emoção, tomou a palavra:

— Julius, agradeço a Deus pelo dia de hoje. Sei que este estágio de evolução se fez necessário para meu filho, Pedro, que teve atitudes equivocadas enquanto estava no corpo físico, levando ao ingresso dele nas zonas de sofrimento. No entanto, não há noite que não tenha fim, pois um novo amanhecer surge iluminando e trazendo oportunidades.

— Sim, minha irmã — concordou Julius.

— Abençoados sejam os trabalhadores da Legião dos Servos de Maria de Nazaré! Que sigam resgatando as ovelhas desgarradas do rebanho do Senhor!

— Que assim seja! — respondeu Julius, abraçando Lindalva. — Agora é hora de seguirmos, pois nossa missão se aproxima do fim nesta localidade.

Julius chamou os enfermeiros da caravana, que colocaram os espíritos adormecidos sobre macas fluídicas e os levaram para dentro de um transporte espiritual que se assemelhava ao vagão de um trem, porém sem rodas. Lindalva os seguiu para dentro do compartimento, onde havia uma espécie de enfermaria. Uma das enfermeiras da caravana se aproximou da mãe de Pedro e se apresentou:

— Olá! Meu nome é Marcela.

— Olá, Marcela, eu sou Lindalva. Estou aqui para servir e ajudar no quer for possível. Desejo retribuir, em agradecimento, a oportunidade de estar ao lado de meu amado filho quando ele foi socorrido.

— Sua ajuda é bem-vinda, Lindalva. Quando servimos em nome de Jesus, nunca falta trabalho — respondeu Marcela, amistosamente. — Logo partiremos, e os resgatados serão levados para postos de socorro, onde serão internados por um período de transição, até que possam seguir para as colônias espirituais.

Lindalva começou a ajudar Marcela nos cuidados paliativos dos socorridos. Menos de uma hora depois, foi anunciado através de alto-falantes que a composição iria zarpar. Lindalva olhou por uma espécie de escotilha enquanto o comboio alçava voo. Ao perceber que alguns cavaleiros e guardiões permaneceram no local, questionou o motivo a Marcela.

— Os que ficaram servem nesta inóspita morada do Pai, auxiliando e socorrendo muitos sofredores.

— Entendo; muitas são as moradas do Pai — disse Lindalva, olhando pela janela em tom reflexivo.

ZÉ DO LAÇO

2
POSTO DE SOCORRO

O transporte aéreo se deslocava rapidamente e, ao atravessar a zona densa do umbral, sentiram-se algumas trepidações. Acima das nuvens carregadas, podia-se divisar o posto de socorro, emergindo das sombras como um oásis. O comboio aterrissou no pátio; a equipe do local já estava a postos para recebê-los. Cerca de vinte espíritos enfermos sedados, incluindo Pedro, foram encaminhados para as dependências do posto de socorro.

— Lindalva! — Marcela chamou-a, vindo em sua direção, acompanhada por Julius e um jovem homem loiro de olhos claros.

— Este é Serafim — falou Julius, apresentando-o a ela —, ele é o responsável por este posto próximo à crosta terrestre.

Lindalva estendeu a mão, cumprimentando o jovem, e comentou:

— Tem o nome de um anjo.

— Apenas o nome, estou longe de ser um — respondeu Serafim, sorrindo.

— Lindalva, agora precisamos nos despedir, pois seguiremos para outras paragens a fim de deixarmos em tratamento os outros irmãos em estado enfermiço — falou Julius.

—Pensei que todos ficariam aqui — disse Lindalva.

— Este posto é de médio porte e não tem condições de receber os quase cem irmãos resgatados — informou Marcela.

— Além do mais — completou Serafim —, com a chegadas destes novos irmãos, estamos próximos de nossa capacidade máxima de ocupação: oitenta leitos.

— Entendo — assentiu Lindalva.

Julius e Marcela se despediram de todos e adentraram o comboio, partindo pelo horizonte. Lindalva seguiu com Serafim para a enfermaria, colocando-se disponível para o trabalho.

A noite foi intensa. Os tarefeiros do posto trabalharam, incansavelmente, por horas a fio, ajudando todos. Quase amanhecendo, Lindalva se dirigiu ao pátio externo do posto, que era envolto por um belo jardim com uma fonte, e sentou-se em um banco, onde permaneceu contemplando o horizonte, reflexiva. Olhava para o céu, sentindo-se agraciada em ver os primeiros raios de sol rasgando o dia, e pensava: "Mais um amanhecer chega, trazendo a oportunidade de fazermos novas escolhas e de optarmos por novos caminhos".

Lindalva, em estado de contemplação, entrou em prece. Agradeceu a oportunidade de servir em nome de Jesus, pediu por todos os enfermos e trabalhadores do local; agradeceu a ajuda da Legião dos Servos de Maria de Nazaré; pediu que bênçãos caíssem sobre Zé do Laço, Marcela, Julius e todos os que ela ainda não tivera a oportunidade de conhecer pessoalmente.

Depois de alguns minutos, já completamente banhada pela luz do sol, percebeu passos se aproximando. Virou-se e avistou Serafim acompanhado por uma das médicas do posto. Lindalva havia visto aquela senhora durante a noite de trabalho, mas não teve a chance de se apresentar nem de conversar com ela, em virtude da demanda de trabalho na qual todos estavam engajados.

— Com licença, Lindalva, nos permite conversar com você? — indagou Serafim.

— Claro, meus irmãos — respondeu Lindalva.

— Esta é Mercedes, a médica responsável pela ala em que Pedro está sendo tratado — disse Serafim.

Lindalva se levantou e cumprimentou Mercedes cordialmente. Ela aparentava ter uns quarenta anos, era esguia e detentora de um olhar cintilante.

— Bem, Lindalva, os espíritos trazidos das zonas umbralinas são submetidos a um tratamento de sonoterapia e de fluidoterapia. Acredito que Pedro ficará submetido a esses tratamentos por cerca de três meses, mas dependerá do tempo de resposta do psiquismo dele, que contém algumas lesões devido ao tempo passado naquele charco no umbral.

— Mercedes, pode falar um pouco mais a respeito desses tratamentos? — pediu Lindalva.

— A sonoterapia é um tratamento que induz o assistido a um sono reparador: reduzindo as atividades mentais, ele favorece a retomada da lucidez pelo aparelho psíquico. Esse tratamento é aliado à fluidoterapia, que consiste no uso de fluidos que extraímos dos encarnados durante os trabalhos espirituais caritativos, além do uso de algumas energias da natureza. Com isso, no momento adequado, levaremos Pedro a uma casa de caridade na Terra para que possa incorporar em um médium. Isso vai gerar um choque anímico que o ajudará a compreender melhor seu estado atual — concluiu Mercedes.

— Agradeço a atenção e as explicações — falou Lindalva.

Mercedes pediu licença a Serafim e a Lindalva, se retirando para as demais atividades.

— Serafim, meu irmão, sei que meu filho está em boas mãos. Agora, terei de regressar à colônia espiritual à qual pertenço, pois preciso retomar meus compromissos; no entanto, sempre que me for permitido, regressarei para acompanhar a recuperação de meu filho e ajudá-los no que for útil.

— Lindalva — respondeu Serafim —, quando quiser nos visitar, as portas do posto de socorro Regeneração estarão sempre abertas para você.

— Obrigada, meu irmão — falou Lindalva. — Serafim, me permite fazer uma pergunta?

— Claro, minha irmã!

— Observei que a caravana da Legião dos Servos de Maria de Nazaré era acompanhada por um grupo de homens e mulheres que pareciam soldados. Além deles, havia vários cavaleiros que me remeteram aos peões e jagunços das fazendas que convivi em minha última encarnação. Também tive a oportunidade de conhecer Zé do Laço. Poderia me explicar mais sobre eles?

— Com certeza, minha irmã. Contudo, é necessário contextualizá-la acerca de alguns aspectos — respondeu Serafim. — O século XX será um período de muitos desafios no processo evolutivo do planeta Terra e dos espíritos ligados a esse orbe. Assim, com a permissão do Cristo, já no século XVIII, foi concedida a permissão para que um grupo de espíritos formasse uma colônia espiritual, constituindo uma egrégora[2] para a criação de uma nova religião no plano físico. Nessa religião, os espíritos, denominados "guias", se manifestam por meio da mediunidade dos encarnados com o obje-

---

2 Segundo o *Dicionário Michaelis* (Melhoramentos, 2015):
"Somatório de energias mentais, criadas por grupos de pessoas ao se concentrarem com força vibratória". É um campo áurico formado pelo somatório das vibrações e energias mentais de todos os presentes em um trabalho ou sessão mediúnica. [NE]

tivo de orientar, esclarecer, desmanchar trabalhos de baixa magia e transmitir valores morais aos frequentadores e adeptos, ajudando-os no desafiador processo de reforma íntima. Cabe ressaltar que a roupagem fluídica apresentada por esses espíritos também visa a favorecer o resgate cármico com grupos étnicos e outros grupos, fortalecendo a compreensão de que o espírito é imortal e de que a veste física pouco importa, pois todos fazemos parte de uma grande família crística universal.

— Sua descrição remete-me ao Espiritismo, que tive a oportunidade de estudar em meu período inicial após chegar à colônia da qual faço parte — concluiu Lindalva. — É disso que está falando?

— Não. Vou explicar melhor — respondeu Serafim. — Refiro-me à Umbanda. Há pouco tempo, ela teve início no plano terreno como uma dissidência do Espiritismo. Seu fundador, o Caboclo das Sete Encruzilhadas, recebeu essa missão da mais alta espiritualidade, contando no plano físico com a mediunidade do jovem Zélio Fernandino de Moraes. No entanto, com o passar do tempo, à medida que esse novo culto ganhou corpo, se tornou uma nova religião com fundamentos próprios. Os espíritos que você avistou fazendo a guarda da caravana de Maria de Nazaré são conhecidos como exus e pombagiras, que são peritos em trabalhos nas regiões umbralinas e são responsáveis pela proteção astral das casas de caridade.

— Por que os espíritos dos exus e pombagiras agem com uma postura hostil? — perguntou Lindalva.

— Devido à situação inóspita do local, a presença deles acaba afugentando turbas de desordeiros que tendem a atacar as equipes de caravaneiros. Além disso, apenas essa categoria de espíritos consegue acessar algumas localidades do umbral, como fendas, fossos e zonas abissais. Os exus e pombagiras atuam nas sombras a serviço do Pai.

— E quanto a Zé do Laço, o que tem a dizer sobre ele?

— O irmão Zé do Laço pertence a uma outra categoria de espíritos. Ele, quando encarnado, foi um homem sertanejo que viveu do manejo da terra e dos animais, um simples caboclo da terra. Ele também serve à egrégora umbandista; tem habilidade em amarrar energias densas, negativas, dispersando vibrações danosas, inspirando a força, o pulso firme na tomada de decisões e lembrando sempre aos encarnados que eles são responsáveis pelas rédeas da vida que lhes foi concedida.

A mente de Lindalva fervilhava com uma série de dúvidas e perguntas. Por isso, após alguns instantes assimilando as informações que recebera, ela voltou a indagar Serafim.

— Deixa-me ver se entendi bem... Zé do Laço é um dos guias que atuam na egrégora de Umbanda, manifestando-se com o objetivo de ajudar os encarnados?

— Sim. Porém, esse nome com que ele se apresentou não é o que ele tinha enquanto encarnado, é um nome que representa uma legião de espíritos que servem à caridade. Atualmente, ele baixa nos terreiros usando o nome do Caboclo Boiadeiro. Uma vez que a Umbanda está em sua fase inicial, só há a manifestação de espíritos que se apresentam como caboclos, pretos-velhos ou crianças — elucidou Serafim.

— São muitas informações novas, preciso estudar mais e entender melhor o assunto.

— Irmã, devemos estar em constante aprimoramento, sempre em busca de evolução — afirmou Serafim, sorrindo.

— Agradeço toda atenção e explicações concedidas, porém preciso retornar para a colônia da qual faço parte. Mantenho contato para saber notícias de Pedro e em breve venho visitá-los.

Lindalva abraçou Serafim fraternalmente, despedindo-se dele e partindo.

ZÉ DO LAÇO

3
TRATAMENTO ESPIRITUAL

Os meses foram se passando no posto de socorro. Desde a internação, havia pouco mais de três meses, Pedro permanecia adormecido. Nos dois primeiros meses, o sono do rapaz era muito conturbado, sua memória ainda tinha reminiscências das escolhas equivocadas que ele fizera na última encarnação, e isso se apresentava em forma de pesadelos durante a sonoterapia. Nessas ocasiões, os trabalhadores do posto ministravam passes até que ele serenasse.

Pedro também estava sob os cuidados de Serafim, Mercedes e de sua mãe. Sempre que permitido, Lindalva vinha visitar o filho: suas orações e sua presença acalentadora eram como bálsamo para o espírito do filho.

Perto de completar quatro meses da internação do filho, Lindalva, envolta nas atividades da colônia a que pertencia, recebeu um comunicado mental de Serafim, informando que se aproximava o momento de Pedro despertar. Imediatamente, ela foi em busca de seus instrutores a fim de solicitar permissão para estar ao lado do rebento naquele momento.

— Com licença, Getúlio — falou Lindalva.

O ancião voltou-se para Lindalva, já ciente do que se passava em seu coração. Olhando de forma terna para ela, Getúlio falou:

— Vá ficar ao lado de seu filho neste momento. Como bem sabe, tem esse direito adquirido por ter feito um bom plantio quando encarnada, além de continuar sendo uma boa tarefeira do Pai. Com isso, tem nossa bênção para ir ao encontro dele.

Lindalva, com os olhos marejados, abraçou Getúlio carinhosamente como forma de agradecimento, rumando para o posto de socorro Regeneração.

No posto, Serafim a colocou a par do despertar de Pedro:

— Pedro já sabe que foi socorrido e que está em tratamento.

Quando entrou no quarto, o filho estava cochilando. Lindalva sentou-se na beirada da cama e pôs-se a acariciar a mão de Pedro, cantarolando baixinho uma ciranda que cantava para ele quando menino.

Pedro abriu os olhos lentamente e, ao notar a presença da mãe, pensou alto:

— Estou sonhando mais uma vez ou é a senhora mesmo?

— Sou eu mesma, meu filho — respondeu Lindalva.

Pedro sentou-se rapidamente, tonteando um pouco, mas abraçou e beijou a mãezinha.

— Que saudade! Quanta falta senti da senhora esse tempo todo!

— Eu também senti saudades de seus abraços e seu carinho, mas sempre estive ao seu lado — disse Lindalva.

— Como assim? Nunca a vi — questionou Pedro.

— Filho, jamais o abandonaria. Quando desencarnei, tive a oportunidade de ser amparada pelos amigos espirituais, logo me adaptando à vida em outro plano: trabalhando, estudando e aprendendo muito. Sempre que me foi permitido, estive ao seu lado enquanto estava encarnado e, também, depois que fez sua passagem. No entanto, devido à condição em que se encontrava, não me percebia, pois estava em uma faixa vibratória diferente da minha.

— Mamãe, o que é desencarnar? — perguntou Pedro. — Ainda me sinto um tanto confuso.

— É quando o espírito deixa o corpo físico. Mas fique tranquilo, pois ainda terá muito a aprender — asseverou Lindalva.

— Minha morte...

— Não pense nisso agora; viva o presente, não se atenha às lembranças negativas — arrematou Lindalva.

— Com licença, imagino que esteja com fome — falou Serafim, adentrando o quarto, carregando uma bandeja com um prato de sopa para o rapaz.

— Obrigada, Serafim! — disse Lindalva e, voltando-se para Pedro: — Este é Serafim, meu filho, um precioso amigo que vem zelando por sua recuperação.

— Muito obrigado e muito prazer, senhor Serafim! — falou Pedro, estendendo a mão para cumprimentá-lo.

— É de bom grado que o faço, Pedro — respondeu Serafim, retribuindo simpaticamente o cumprimento.

— Posso fazer uma pergunta?

— Sim! — responderam Lindalva e Serafim ao mesmo tempo.

— Onde e há quanto tempo estou neste local? Não consigo me lembrar...

— Bem-vindo ao posto de socorro Regeneração! Esta é uma das muitas moradas do Pai. Você está conosco há cerca de três meses. Procure se manter o mais tranquilo possível, pois no tempo certo as coisas hão de clarear em sua mente — respondeu Serafim.

— Por quanto tempo fiquei naquele purgatório?

— Por doze anos, filho — com firmeza, Lindalva tomou a palavra. — O tempo necessário para expurgar a culpa que acompanha seu coração. Somente agora você se permitiu ser ajudado. Tivemos de respeitar sua escolha, ainda que fosse no nível inconsciente. Porém, é hora de arregaçar as mangas e trilhar um novo caminho. Não se fixe na culpa que as lembranças do passado trazem; atenha-se às oportunidades que o Pai nos concede no presente, para que, assim, tenhamos um futuro frutífero.

— Levante-se! — falou Serafim para Pedro, estendendo-lhe a mão. — Aproveite a sopa.

Com certa dificuldade, amparado por Serafim, Pedro se levantou e caminhou até a mesa onde estava a refeição.

Pedro olhava para a janela enquanto se alimentava, observava o jardim externo que circundava o posto de socorro. Havia muito tempo que não reparava nas pequenas e belas coisas da vida.

Assim que terminou de comer, Pedro se sentiu um pouco sonolento e, levado de volta para a cama, logo adormeceu. Lindalva e Serafim saíram do quarto e, no corredor, Serafim virou-se para Lindalva:

— Minha amiga, na próxima semana, levaremos Pedro a uma casa de caridade no plano terreno a fim de ajudá-lo; somaremos forças ao tratamento que ele vem recebendo em nosso posto até que esteja apto a seguir para uma colônia.

— Agradeço a Deus por meu filho ter recebido a oportunidade de ser ajudado.

No decorrer da semana, Lindalva se manteve ao lado de Pedro, conduzindo-o a passeios no pátio externo do posto, conversando com ele sobre a espiritualidade, ajudando em sua ambientação. Em outros momentos, ela ajudava os enfermos que estavam no posto.

Serafim bateu à porta do quarto de Pedro e pediu licença para entrar.

— Como está se sentindo, Pedro? — perguntou.

— Estou bem — respondeu o rapaz, com um olhar que buscava disfarçar uma tristeza velada.

— Pedro, não permita que sentimentos negativos ou que o peso da culpa encontre morada em seu coração. Evite martirizar-se pelo que passou, veja o que é possível fazer daqui para a frente — aconselhou Serafim.

Uma lágrima silenciosa escorreu dos olhos de Pedro. Serafim se aproximou e colocou a mão sobre o ombro do rapaz, transmitindo-lhe forças.

— Sei como é difícil a fase pela qual está passando, mas tenha a certeza de que somos filhos de um Pai bom e justo. Jamais estamos sozinhos! Eu mesmo já falhei muitas vezes em minhas oportunidades reencarnatórias; hoje, estou aqui buscando aprender para, assim que surgir uma nova chance, fazer diferente.

Neste momento, Lindalva entrou no quarto.

— Com licença, rapazes. Posso me juntar a vocês?

— É sempre bem-vinda, minha irmã! — respondeu Serafim. — Aproveitando que se juntou a nós, gostaria de compartilhar com vocês que, hoje à noite, levaremos Pedro a um centro de caridade na Terra. Assim, daremos continuidade ao tratamento dele. Os amigos espirituais que conduzem os trabalhos já estão cientes de nossa ida e concederão toda a assistência necessária.

— Ir à Terra?! Será que posso visitar minha família? — perguntou Pedro.

— Ainda não é o momento, meu filho — replicou Lindalva.

— Sua mãe tem razão. Ainda não está em sua plenitude. Muitos anos se passaram desde seu desencarne, mas, no tempo certo, terá a permissão de visitar seus entes queridos. Agora, nosso objetivo é trabalhar em prol de sua melhora e de seu fortalecimento — disse Serafim.

— É importante descansar, se alimentar e orar, confiando na Providência Divina — complementou Lindalva.

Assim o fez Pedro, acompanhado pela mãe, que sempre o ajudava.

Após a refeição, Pedro tirou um cochilo enquanto Lindalva fazia um cafuné na cabeça do filho. O estado do rapaz ainda inspirava cuidados. Lindalva sentia-se preocupada e, ao mesmo tempo, confiante e esperançosa nos desígnios do Senhor. Afinal, sempre fora uma mulher de muita fé. Assim, fez uma sentida prece, mentalizando que entregava as aflições ao mestre Jesus e clamando por forças suficientes para ser o esteio que o filho necessitava naquele momento da vida.

ZÉ DO LAÇO

4
VISITA AO CENTRO

— Acorde, meu filho, é hora de irmos — falou Lindalva, acordando Pedro com delicadeza.

Mãe e filho se dirigiram para o pátio do posto de socorro, onde Serafim já os aguardava junto de outros dois trabalhadores que os acompanhariam até o centro.

— Este é Edgar e esta é Selma, são amigos e serão nossos companheiros na visita ao centro.

Edgar era um homem educado, porém sisudo; negro, alto, com o cabelo bem curto, aparentava ter uns trinta anos. Já Selma era o oposto: de baixa estatura e cabelos longos, quase brancos de tão loiros, tinha a pele tão clara que parecia albina, aparentava ter cerca de sessenta anos.

Pedro cumprimentou o casal que os acompanharia até o centro. Em seguida, Selma passou-lhe algumas instruções:

— Durante o trajeto, peço que fique de mãos dadas comigo e com Lindalva. Ministrarei um passe em você a fim de reduzir sua densidade, deixando seu corpo espiritual mais rarefeito para a volitação.

— Desculpe, Selma, mas como vamos a este centro? Do que se trata essa tal "volitação"? — quis saber Pedro.

— Volitar é o mesmo que voar. Com o tempo, aprenderá a se locomover dessa forma espiritualmente. Como disse, ministrarei um passe em você, que é o mesmo que uma transfusão de energias, a fim de que consiga nos acompanhar com facilidade — elucidou Selma. — Peço que feche os olhos e que pense em Jesus enquanto lhe aplico o passe.

Aproximando-se de Pedro, Selma espalmou as mãos na direção dos chacras do rapaz e começou a realizar movimentos circulares com graciosidade. De repente, do centro das palmas de suas mãos, emanou uma luz cristalina em direção a ele.

Quando Selma terminou, Serafim questionou o moço:

— Como se sente, Pedro?

— Bem... quer dizer, muito bem! É difícil definir em palavras a sensação positiva que a experiência me causou — falou, buscando se perceber. — Muito obrigado, Selma!

Selma sorriu para Pedro, dando-lhe a mão direita e pedindo que ele também segurasse a mão de Lindalva.

Rapidamente, o grupo se deslocou pelo ar; e Pedro ficou fascinado com a experiência. Era final de tarde na Terra, tudo chamava a atenção do rapaz, como se estivesse vendo todas aquelas coisas corriqueiras pela primeira vez.

O grupo se materializou no plano astral do centro e foi recebido por Anacleto.

— Olá, Anacleto! — Serafim saudou o homem com entusiasmo.

— Salve, irmão Serafim! — respondeu Anacleto da mesma forma, abraçando-o.

— Estes são os amigos que trouxe para a sessão desta noite.

— Sejam bem-vindos a esta casa de caridade! Como Serafim disse, me chamo Anacleto e sou o responsável por este agrupamento de tarefeiros.

Após as apresentações, Serafim tomou a palavra:

— Meu amigo, conforme havia informado, trouxemos Pedro para que ele seja ajudado por meio do processo de incorporação.

— Deixe conosco e tenha fé em Deus, meu jovem — falou Anacleto para Pedro.

Observando Anacleto, Pedro notou um homem com menos de cinquenta anos que tinha uma fala firme e, ao mesmo tempo, irradiava grande humildade.

— Por volta das dezenove horas, iniciaremos os trabalhos — disse Anacleto, pedindo licença ao grupo e seguindo para os afazeres.

Selma e Edgar também se afastaram do grupo para ajudar nas tarefas da casa de caridade.

Serafim conduziu Pedro, acompanhado por Lindalva, a uma área plasmada a partir da sala onde ficava o altar. Aquilo chamou a atenção de Pedro, pois a sala destacada para as atividades espirituais era pequena, porém o espaço destinado aos espíritos era, pelo menos, dez vezes maior. Pedro olhou para Serafim e perguntou se ele poderia explicar um pouco mais sobre o local e o que aconteceria ali.

— Claro! — respondeu Serafim, com gosto. — Bem, Pedro, muitas são as moradas do Pai. Quando você estava encarnado, somente teve a oportunidade de conhecer a religião católica, tendo-a como uma verdade absoluta. Porém, outras religiões surgiram na Terra com o objetivo de auxiliar o homem na conexão com o Sagrado e o Divino. Não existe religião melhor ou pior; existe aquela na qual os encarnados se afinam. No entanto, o Espiritismo e a Umbanda acreditam na vida após a morte e na teoria reencarnacionista. Isso abre o canal para que possamos nos comunicar com o plano físico e nos ajudar mutuamente, uma vez que alguns espíritos precisam da ajuda dos encarnados e nós temos a possibilidade de ajudá-los em suas jornadas evolutivas. Dessa forma, peço que se dispa de qualquer preconceito, observe e tire suas conclusões; depois, poderemos debater a respeito de suas dúvidas.

Pedro assentiu com a cabeça para Serafim, enquanto a circulação de espíritos aumentava no pequeno local.

— Pedro, aquele espaço — Serafim apontou para uma mesa próxima à parede com algumas imagens de santos católicos, de indígenas, de pretos-velhos, além de pedras, ervas, copos com água, flores e outros elementos — é denominado pelos praticantes da religião como "gongá". Os itens ali dispostos foram consagrados e estabelecem ligação com diferentes reinos da natureza, como mar, cachoeira, mata, pedreira e outros. Dessa maneira, o gongá atua como uma espécie de portal que suga as energias negativas, transmuta-as, filtra-as e as transforma em energias positivas. Consequentemente, os elementos-chave que ligam o gongá aos reinos natureza expandem e potencializam essas energias, devolvendo-as aos presentes e auxiliando na sustentação vibratória da casa e dos atendimentos caritativos.

Os trabalhos estavam prestes a começar. O grande salão no plano espiritual estava repleto de visitantes e trabalhadores daquela corrente astral, ao passo que a assistência do plano físico era pequena, continha cerca de vinte pessoas, e havia apenas cinco médiuns.

— Depois continuarei com os esclarecimentos e sanarei suas dúvidas. Agora, vamos nos manter em silêncio, com o pensamento firme em Jesus, para que ajudemos na sustentação dos trabalhos — orientou Serafim.

Lindalva e Pedro assentiram com a cabeça, acatando o direcionamento recebido.

No plano terreno, Hamilton era o médium responsável pela condução dos trabalhos. Era um homem negro, simples, de pouca instrução; aos quarenta anos, estava bem conservado, tinha bigode e estatura mediana. Era acompanhado, por sua esposa, Iraci, seus filhos adolescentes, Jussara e Cosme, e por uma trabalhadora chamada Deia. Todos usavam roupas brancas e alguns fios de contas no pescoço.

Hamilton deu boas-vindas aos assistentes e informou que, como de costume, a primeira segunda-feira do mês seria dedicada à oração para as almas necessitadas e que, após a reza, iniciariam os atendimentos ao público. Ao lado dele estava Anacleto, que o assessorava em uma perfeita conexão mental, estabelecida por um fio dourado luminoso que ligava a cabeça do espírito à do médium.

Hamilton abriu os trabalhos rezando o pai-nosso. Em seguida, entoou algumas cantigas enquanto defumava todo o ambiente, preparando-o para as atividades que ali transcorreriam. Por fim, pediu aos presentes que pensassem nos entes queridos que haviam feito a passagem para o outro plano, mentalizando-os, porém, em sua melhor forma física de quando estavam vivos, bem e saudáveis; e que também pedissem em intenção dos desconhecidos e dos espíritos necessitados de socorro e amparo espiritual, para que as Santas Almas Benditas pudessem ajudá-los.

Enquanto orava com fervor, uma forte luz irradiava do peito do médium, formando, no meio da sala, uma esfera a que se somavam as luzes advindas das preces realizadas pelos encarnados e pelos desencarnados, agregando-lhe mais luminosidade e intensidade. À medida que a prece se aproximava do fim, a esfera de luz se elevava para o alto da sala e, sem que os encarnados pudessem ver, quando o médium proferiu a palavra "amém", a esfera explodiu no ar, formando uma bolha de luz e proteção que envolveu a casa, todos os presentes e todos os espíritos necessitados e mentalizados durante a corrente de oração.

Pedro sentiu a luz penetrar profundamente em seu ser. Apesar de nenhum dos presentes o conhecer, ele sentiu as benesses da energia.

Tudo acontecia em uma fração de milésimos de segundos terrenos. Logo que Pedro abriu os olhos, Anacleto mudou sua forma espiritual, assumindo a roupagem de um preto-velho: um pouco arqueado, com algumas características próprias. Da mesma forma, outros dois espíritos também se modificaram. Esse fato chamou a atenção de Pedro, que fitou Serafim, buscando entender o que se passava, mas este fez sinal para que ele aguardasse.

Hamilton deu sequência, cantando um ponto que passou a ser firmado pelos filhos e por alguns dos presentes. Nesse momento, Anacleto e os outros dois espíritos se aproximaram dos médiuns Hamilton, Iraci e Deia e começaram a se estabelecer uma série de conexões entre o guia e o aparelho. Era facilmente observado no plano espiritual que o campo áurico dos médiuns se expandia e estabelecia uma perfeita interseção, fundindo-se ao campo dos guias. Em paralelo, vários fios de luzes multicoloridas partiam dos centros de forças dos espíritos em direção aos mesmos pontos localizados no corpo astral dos medianeiros.

A partir daquele instante, já incorporados em seus médiuns, os encarnados saudaram Pai Joaquim de Angola, que era o espírito de Anacleto incorporado em Hamilton, Pai Miguel das Almas, que tinha como aparelho Iraci, a esposa de Hamilton, e Pai Ambrósio da Guiné, incorporado na médium Deia.

Pai Miguel e Pai Ambrósio chegaram saudando o gongá e os presentes. Em seguida, sentaram-se em seus banquinhos, acenderam seus cachimbos e realizaram suas firmezas para iniciar o atendimento aos consulentes.

Já Pai Joaquim, ao baixar no terreiro, saudou a todos, agradecendo a Deus, ao mestre Jesus, a pai Oxalá e aos sagrados orixás.

Depois, recebeu do cambono[3] sua bengala e seu pito. Apoiado na bengala, pitando o cachimbo, pegou uma pemba[4] branca, seguiu com o cambono até o portão do terreiro e riscou na porteira um ponto de segurança em prol dos trabalhos da noite. Em seguida, acendeu uma vela, colocou um copo com água e outro com marafo[5] sobre o ponto-riscado e, por fim, recebeu um ponteiro,[6] que passou em torno do corpo do médium, descarregando-o, e o lançou de forma certeira sobre o ponto — o punhal caiu fincado em uma das cruzes do ponto traçado sobre a tábua.

Enquanto isso, Pai Joaquim era auxiliado por três exus e uma pombagira, que atuavam como atalaias da porteira do terreiro, sendo os responsáveis pela guarda espiritual do espaço sagrado. A energia dos itens dispostos sobre o ponto-riscado passou a ser manipulada por meio de magnetismo pelos guardiões da porteira.

Depois, Pai Joaquim voltou para dentro do terreiro. Enquanto passava pela assistência, baforava o cachimbo sobre a cabeça dos presentes e batia a bengala com força no chão, sem que os presentes entendessem o que representava aquele simples ato no plano espiritual. Quando soltava a baforada, vários miasmas[7] e

---

3   Médiuns auxiliares dos guias e do culto, também conhecidos como servidores dos orixás. [NE]
4   Trata-se de um tipo de giz litúrgico em formato cônico-arredondado que serve para riscar os pontos e outras determinações dos guias. Sua cor pode variar de acordo com a Linha de trabalho da entidade. [NE]
5   Em geral, aguardente. Alguns guias também chamam outros tipos de bebida alcoólica de "marafo". [NE]
6   Pequeno punhal utilizado para a proteção ou como um tipo de para-raios. [NE]
7   Na Medicina, toda sujeira associada à putrefação é chamada de "miasma". Para a espiritualidade, os miasmas estão relacionados ao nosso comportamento e padrão de pensamentos, sendo sua concretização. Eles grudam na atmosfera em que vivemos e podem deixar o ambiente tão pesado que podem surgir larvas espirituais. [NE]

formas-pensamento[8] caíam pelo chão e, quando o preto-velho batia a bengala, essas energias danosas eram engolidas pelo solo. Além disso, Pai Joaquim contava com o auxílio e a cobertura espiritual de vários espíritos que ajudavam nos trabalhos espirituais da casa.

O preto-velho dirigiu-se para o toco. Pai Miguel e Pai Ambrósio já se encontravam a postos para dar início aos atendimentos. Pai Joaquim sentou-se, fez o sinal da cruz e mandou entrar os primeiros consulentes.

Do lugar onde estava, Pedro observava tudo como uma criança ávida por conhecimento, porém respeitou o direcionamento de Serafim de que esperasse para ter as dúvidas respondidas em momento oportuno.

---

8   Segundo a Teosofia, formas-pensamento são criações mentais materializadas a partir de matéria fluídica ou matéria astral. Também podem ser chamadas de "ideoplastias". [NE]

ZÉ DO LAÇO

5
OS ATENDIMENTOS

Os atendimentos transcorriam, e as horas pareciam voar de uma maneira quase imperceptível. Em determinado momento, Serafim dirigiu-se a Pedro:

— Pedro, vamos nos aproximar da área de atendimento com o objetivo de acompanhá-los com mais clareza; acredito que isso agregará bastante ao seu aprendizado.

Pedro assentiu com a cabeça, acompanhando-o.

Serafim e Pedro se aproximaram da médium Iraci, que estava mediunizada pelo espírito de Pai Miguel das Almas.

Pai Miguel atendia a uma mulher que se queixava de que, quando o marido bebia, ele se tornava agressivo. O preto-velho pediu que ela pensasse no marido; em seguida, virou-se para o copo com água e a vela que estavam ao lado de seu toco, no chão do terreiro, e começou a estalar os dedos em torno do copo, soprando a fumaça do cachimbo na direção deste. No plano espiritual, uma pequena tela surgiu sobre o copo com água, projetando cenas da situação na casa da família. Então, o pai-velho começou a orientar a consulente.

Pedro, quando viu a imagem se projetar, deu um passo para trás, um pouco assustado, e pensou consigo mesmo: "Isso é magia!". Serafim, por sua vez, colocou a mão no ombro dele e disse:

— Pedro, não é magia, para tudo existe uma explicação lógica. No período em que você viveu no plano terreno, quase não existia tecnologia, mas estamos em um estágio muito mais avançado no plano espiritual. Portanto, aquiete seu coração, pois aqui vai estudar e se preparar, entender os recursos e como as coisas funcionam.

— Filha — falou Pai Miguel —, seu companheiro deve ter força de vontade para parar de beber e querer ser ajudado. Nós podemos pedir a intercessão de Deus, mas o milagre começa a partir da mudança dele. Vamos fazer o seguinte: este velho vai pedir para a filha fazer uma defumação em casa, bater algumas folhas, tomar uns banhos e fazer algumas firmezas; depois, vai conversar com seu marido e chamá-lo para vir aqui. Seu companheiro é médium; quando bebe, atrai uma série de espíritos beberrões que acabam se encostando nele, por afinidade, e fazendo arruaça na casa e na família de vocês.

— Ah, vovô! Acho que ele não aceitará vir aqui... — comentou a mulher.

— Filha — retrucou Pai Miguel —, você tem fé?

— Sim — respondeu rapidamente a senhora.

— Então, confie em Nosso Senhor Jesus Cristo! Faça as firmezas que este velho está orientando e tenha esperança em seu coração, que vamos correr uma gira em sua casa para ajudá-los nessa situação.

Ao final da consulta, Pai Miguel pediu para que a mulher fechasse os olhos e elevasse o pensamento ao Pai, pois ele iria rezá-la. Com um galho de guiné, o preto-velho começou a cruzar rapidamente o corpo da consulente, entoando rezas e banindo energias negativas. Enquanto o ritual acontecia, era possível observar que uma energia esverdeada saía da planta e se fixava no campo áurico da mulher. A seiva verde penetrava nas rachaduras do campo vibratório da assistida, reconstituindo-as e fechando as brechas existentes. Quando terminou, o preto-velho deu um abraço na mulher, que se levantou e saiu com outro semblante da consulta.

De volta ao banco da assistência, foi abordada de forma discreta por uma amiga, que lhe perguntou:

— E aí, gostou?

— Sim, sinto-me muito mais aliviada.

— Eu disse que esse preto-velho era danado! Já alcancei muitas graças com a ajuda dele. Sempre venho aqui só para abraçá-lo, agradecê-lo e trazer os amigos que precisam de ajuda. Basta apenas você ter fé, seguir o que ele recomendou e confiar.

Pedro observava as mulheres conversando e, mais uma vez, Serafim, trouxe novos esclarecimentos:

— Tudo acontece conforme o merecimento e a mudança de cada um. Nenhum guia tem a permissão de interferir nas escolhas dos encarnados, de modo que as dificuldades atravessadas por nós têm uma função pedagógica que viabiliza o burilamento e o crescimento de todos.

Os trabalhos se aproximavam do fim. Pai Miguel e Pai Ambrósio já haviam se desligado dos médiuns, mas se mantinham presentes, orientando os trabalhadores do plano astral.

Pedro observou que uma fila com cinco espíritos se formava diante do gongá, próxima ao toco em que Pai Joaquim estava sentado. Notou que os espíritos estavam em diferentes estados: uns muito machucados, outros alienados, alguns sendo contidos por guardiões e um em sono profundo.

No plano físico do terreiro, além dos médiuns, só havia uma senhora sentada na assistência que era parente da médium Deia e a aguardava até o final dos trabalhos para irem embora juntas.

Pai Joaquim pediu um copo com água e uma vela e começou a fazer uma prece para aqueles que seriam tratados na casa. Em seguida, pediu que Deia se aproximasse, mantendo-se concentrada, e que ela desse passagem para um irmão que seria assistido. Nesse momento, Pai Ambrósio, ao lado da médium, amparou a incorporação de um espírito que se manifestou muito revoltado.

Deia caiu de joelhos, pois, no plano astral, o espírito estava atado pelos guardiões. Pai Joaquim, olhando nos olhos da médium e do espírito, começou a dialogar com o irmão:

— Filho, por que tanta revolta assola seu coração tão sofrido?

— Porque esse Deus cujo nome vocês tanto proferem não é justo! — respondeu o homem, transmitindo muita raiva e amargura. — Hoje, vi uma loba em pele de cordeiro vir aqui pedir ajuda. E eu, que estou acertando minhas contas com ela, fui contido. Isso é um absurdo!

— Este velho — tomou a palavra Pai Joaquim — sabe o quanto ela o fez sofrer, e isso foi há muito tempo. A moça estava em outro corpo quando lhe enganou. Sofreu as consequências e, hoje em dia, responde à lei de causa e efeito[9] devido à semeadura equivocada que cultivou.

— Ainda é pouco! Olhe para mim, veja como estou! — falou o espírito com rispidez.

---

9 Segundo a doutrina espírita, nada acontece por acaso, cada ato moral corresponde a uma reação semelhante, gerando um encadeamento natural de causas e efeitos. Esta lei atribui um "motivo justo" e uma "finalidade proveitosa" a qualquer acontecimento, inclusive o sofrimento. [NE]

— Filho, estou olhando em seus olhos, assim como perscruto seu coração. Percebo que o filho está nessas condições pelo tanto de sentimento de vingança que cultiva no íntimo. Na medida em que deseja o mal de outrem, também sofre, pois sorve o mesmo veneno que cultiva.

O espírito ficou um pouco reflexivo, ponderando as palavras do preto-velho.

— Onde estão aqueles que você genuinamente amou ou que o amaram? — Pai Joaquim prosseguiu com a doutrinação.

— Abandonaram-me! — respondeu o espírito.

— Será, meu irmão? Ou será que você permitiu que esses sentimentos corrosivos nublassem a sua visão? — questionou Pai Joaquim.

— O que isso importa? Desde que morri, busquei pelos meus, mas nunca os encontrei.

— Lembra-se do quanto seus pais foram amorosos com você, sempre lhe ensinando o bem? Porém, você deu vazão às suas inclinações negativas, buscando caminhos mais fáceis — asseverou Pai Joaquim.

— Lave a boca para falar de meus pais, escravo! — falou o espírito com arrogância.

— Filho, o meu corpo, quando viveu na Terra, foi escravizado; minha alma, porém, sempre foi livre. Ao deixar o corpo físico, nenhum grilhão conseguiu me ater. Já o irmão arrasta a tormentosa corrente do sofrimento assolando-lhe o coração. Perdoe para que consiga se perdoar, para que possa se libertar! Apenas você tem as chaves para sair desse cárcere.

Neste instante, no plano espiritual, uma senhora se materializou.

— Meu filho, faça o que essa alma caridosa pede; deixe o passado e a vingança para trás e siga para um futuro libertador, sem as pesadas bagagens que impedem sua evolução.

O espírito estava em prantos, e a médium caiu em um choro profundo. As pessoas que assistiam aos trabalhos, no plano físico, não faziam ideia do que acontecia na espiritualidade.

Pai Joaquim estendeu a mão na direção da médium e perguntou:

— Acredito que o irmão esteja cansado de sofrer. Por isso, este velho lhe pergunta: deseja ser ajudado?

— Sim! — respondeu o espírito aos prantos.

Pai Joaquim fez o sinal da cruz com a bengala no ar, na direção da médium. Neste exato momento, o espírito do homem adormeceu, desacoplando-se da médium e sendo levado pelos socorristas que acompanhavam o trabalho.

Pedro ficou profundamente emocionado enquanto assistia aos diálogos travados amorosamente entre o preto-velho e os espíritos que ali se encontravam. Também lamentou pelo fato de o espírito de uma mulher não ter aceitado ajuda, mas Serafim lhe explicou:

— Pedro, tudo tem seu tempo. Tenha a certeza de que a semente foi plantada no coração dessa irmã. No tempo certo, ela despertará para a aurora de Deus.

— Filho — falou Lindalva —, agora é a sua vez!

— Minha vez?

— Sim, trouxemos você aqui como parte do tratamento. Não tenha medo, deixe que seu coração o guie e tudo fluirá — respondeu a mãe de Pedro.

Iraci colocou-se à frente de Pai Joaquim, receptiva para dar passividade; ela e Deia se alternavam como médiuns de transporte[10] para os trabalhos de desobsessão.

Pedro assentiu com os olhos para Serafim e Lindalva. Ambos retribuíram, falando em coro para Pedro:

10 A "mediunidade de transporte", também chamada de "puxada", consiste em uma desobsessão na qual um médium que possui essa característica "puxa" as energias deletérias do assistido e dá direcionamento a elas. [NE]

— Estamos ao seu lado!

Pedro se aproximou da médium, que era assistida de perto por Pai Miguel, e sentiu uma força estranha a sugá-lo. Então, percebeu que estava novamente em um corpo carnal; porém, sentia-se estranho, como se estivesse usando uma roupa que não era sua. Rapidamente, várias lembranças começaram a borbulhar em sua mente. Em um *flash*, toda a sua última existência passou em seus pensamentos, além de sua morte e sua estada no umbral. As lágrimas escorriam de seus olhos, e a médium reproduzia suas emoções, sentimentos e falas.

— Filho — falou Pai Joaquim —, é hora de seguir adiante. Não há mais tempo a perder, abrace a dádiva que Deus lhe concede agora, e o mais deixe acontecer naturalmente.

— Eu errei demais, velho! — falou Pedro.

— Que bom que tem consciência disso; esse é o primeiro passo para fazer diferente a partir de agora. Já perdeu muito tempo revivendo suas falhas! Jesus já o perdoou há muito tempo; agora, só você pode se perdoar e seguir em paz daqui por diante — falou o preto-velho.

— Bem que eu gostaria, mas as lembranças não me deixam.

— Você permite que este velho lhe dê um conselho?

Pedro respondeu afirmativamente com a cabeça.

— Este nego-velho vê que a culpa é como uma praga que o destrói, atacando a plantação. Mas, para toda erva daninha, existe um remédio que a combate. Esse remédio — continuou Pai Joaquim — é simples e está ao seu alcance, basta que você o use com afinco para curar sua plantação e salvar sua colheita.

Pedro ficou reflexivo, perguntando-se a que se referia aquele sábio e simples homem.

— Eu me refiro à caridade, que é a representação do amor de Deus. Assim, para cada pensamento negativo, proponho-lhe que faça a caridade para alguém. Ajude indistintamente, somente assim encontrará a cura. Não espere nada em troca; apenas exerça o bem genuinamente. Esse é o salutar remédio para a alma — explicou Pai Joaquim.

— Não sei por onde começar... — falou Pedro, encabulado.

— Deixe isso conosco, conduziremos tudo para que você se prepare e, no momento certo, possa auxiliar as almas necessitadas. Confie, acima de tudo, em Deus.

— Eu confio! — respondeu Pedro.

Emocionada, Lindalva acompanhava o diálogo entre o filho e o espírito de Anacleto.

Pai Joaquim, mais uma vez, levantou o cajado e fez o sinal da cruz, abençoando Pedro, que adormeceu.

Os trabalhos no plano físico terminaram, porém muito havia a ser feito no plano espiritual.

Enquanto aguardavam por Anacleto, Lindalva perguntou a Serafim o que seria feito de Pedro a partir daquele momento.

— Ele será transferido para uma colônia, onde prosseguirá estudando e se preparando para o chamado de Deus na semeadura da caridade — respondeu Serafim.

Anacleto veio ao encontro do grupo, agradecendo a visita e a ajuda de todos.

— Eu que agradeço por ter aprendido tanto nesta noite e pelo socorro prestado ao meu filho, Pedro, e a todas as almas aqui amparadas — falou Lindalva.

— Somos apenas tarefeiros a serviço do Pai Maior; sempre que quiserem voltar, serão bem-vindos — respondeu Anacleto.

Serafim, Selma, Edgar e Lindalva despediram-se de Anacleto e dos demais trabalhadores e partiram.

ZÉ DO LAÇO

6
A COLÔNIA

Alguns dias depois, Pedro despertou em um quarto que parecia o de um hospital. Ele observou o ambiente ao redor — tudo muito limpo e iluminado —, sentou-se na cama, aproximando-se de uma janela, e ficou encantado com a bela paisagem que se descortinara diante de seus olhos. Escutou baterem na porta do quarto. Ao se virar, avistou a mãe, Serafim e um outro homem que desconhecia.

— Como se sente, meu filho? — perguntou Lindalva.

— Muito bem e disposto, parece que dormi uma eternidade.

— Pedro — falou Serafim —, esse é o irmão Ataíde.

— Como vai, Pedro? —Ataíde falou, estendendo a mão para cumprimentá-lo.

Pedro retribuiu o cumprimento, e ficou refletindo consigo mesmo, tinha a impressão de que aquele rosto lhe era familiar.

Ataíde respondeu ao pensamento de Pedro:

— Sim, já nos encontramos em outras ocasiões.

— Desculpe por não me recordar do senhor — disse Pedro, sem graça.

— Sem problemas. No tempo certo, as lembranças virão à tona.

Pedro continuou tentando puxar pela memória uma recordação daquele homem que lhe parecia tão familiar. Ataíde era um homem grisalho e tinha duas entradas no cabelo que deixavam a careca à mostra. De estatura mediana, era um pouco rechonchudo, parecia um bonachão sexagenário.

— Onde estou? — perguntou Pedro.

— Você foi transferido para a colônia espiritual Divina Luz — tomou a palavra Serafim. — Aqui, você dará prosseguimento ao seu aprimoramento. Ataíde será seu tutor, auxiliando-o durante a adaptação.

— Colônia espiritual?

— Sim, Pedro, é uma espécie de cidade onde vivem os espíritos. Existem muitas outras em diferentes dimensões, faixas vibratórias e proporções — respondeu Serafim.

— Aqui, meu filho, você vai estudar, trabalhar e seguir com sua vida — acrescentou Lindalva.

— Não imaginava que o céu fosse assim — comentou Pedro.

— O trabalho edifica o homem — disse Ataíde — e, ademais, a vida continua. Apenas o corpo físico morre, o espírito é imortal.

— Serafim, pode falar um pouco mais sobre o trabalho de Pai Joaquim?

— Claro, Pedro! Quais são suas dúvidas?

— Quando estava vivo, não conheci nada como o que vi naquela noite. Até então, só tinha ouvido falar sobre as macumbas que os escravizados faziam... e sobre almas penadas, assombrações e essas coisas. Fiquei confuso!

— Apesar de confuso, como se sentiu? — perguntou Serafim.

— Muito bem!

— Estamos no ano de 1910. Você desencarnou há doze anos e vivia em uma zona umbralina de transição.

— Eu estava no inferno? Fui julgado e não me recordo? — questionou Pedro, um pouco assustado.

— Não, Pedro — respondeu Ataíde.

— Não existe julgamento ou inferno, meu filho — assegurou Lindalva.

— Então, como fui parar naquele local?

— Por afinidade e pela culpa que carregava no peito — elucidou Ataíde.

— Como assim?

— O estágio de perturbação em que se encontrava, pelas escolhas e decisões que tomou em vida, acabou atraindo-o para aquele charco — explicou Serafim.

Pedro permaneceu reflexivo.

— Tranquilize seu coração, meu filho — disse Lindalva. — Ainda há muito tempo para entender o que se passou com você.

— Serafim — Pedro retomou a palavra —, pode falar um pouco mais acerca do que vimos na casa do senhor Hamilton?

— Sim. Você teve contato com a Umbanda, uma religião fundada em 1908 pelo Caboclo das Sete Encruzilhadas, na qual os espíritos se manifestam com o objetivo de difundir o bem e a caridade. As pessoas que você viu de branco são médiuns, que agem como intermediários entre o plano espiritual e o físico, servindo como aparelhos para que ocorram as manifestações e as comunicações espirituais.

— Interessante e difícil de acreditar. Acho que só estou conseguindo entender, pois assisti aos trabalhos de outro ponto — comentou Pedro. — Agora, o que não entendi foi como e por que Anacleto se transformou em Pai Joaquim de Angola.

— Na Umbanda, os espíritos que se manifestam não usam os nomes que tinham quando encarnados; eles representam uma legião que serve a uma falange. Assim, todos os espíritos que baixam nos terreiros usando o nome de "Pai Joaquim" compõem a legião desse preto-velho, e todos os demais espíritos que usam esse arquétipo de anciões e pais-velhos fazem parte da falange dos pretos-velhos. Da mesma forma que, quando uma freira ou um papa é ordenado, estes passam a assumir um novo nome que carrega uma simbologia.

"Sobre a mudança da forma espiritual — continuou Serafim —, cabe ressaltar que o espírito é amórfico, ou seja, não possui uma forma, pois sua natureza é imaterial. Somos apenas luz, uma centelha divina do Criador. Assim, o espírito, ao reencarnar, assume uma nova forma conforme a necessidade de aprendizado: ora em um corpo feminino ora em um veículo masculino. Em contrapartida, os espíritos que se manifestam por meio da corrente umbandista possuem grau de evolução suficiente para modificarem suas formas espirituais segundo a necessidade e o momento, mas jamais perdem ou se distanciam de sua essência."

— Então, está me dizendo que, se amanhã você passar a se manifestar em uma casa de Umbanda, usará outro nome? É isso? — questionou Pedro.

— Isso mesmo! — confirmou Serafim.

— Vejo que tenho muito a aprender — falou Pedro para si mesmo. — Vocês falaram que terei de estudar? Como será isso? Eu nem aprendi a ler e a escrever quando estava vivo... fui apenas um capiau — disse, em tom de preocupação.

— Relaxe, meu filho! Eu também não tive acesso a estudo quando encarnada; e muito aprendi aqui, muito tenho aprendido e muito ainda tenho a aprender — falou Lindalva.

— Você está certa, mamãe! Preciso me preocupar com meu momento atual. Não posso ficar preso ao passado nem sofrer por um futuro incerto.

— Muito bem colocado, Pedro! — falou Ataíde.

— Pedro, a partir de agora, Ataíde vai assessorá-lo. Eu retomarei minhas atividades no posto de socorro Regeneração.

Pedro abraçou Serafim em agradecimento pela ajuda concedida.

— E você, mamãe? Ficará comigo?

— Também preciso regressar para a colônia à qual pertenço e seguir com minhas atividades. Sempre que me for permitido, virei visitá-lo; com o tempo, você também poderá conhecer o local em que moro. Irei vibrar e orar por você. Está em boas mãos; Ataíde será um bom amigo e companheiro nessa nova etapa — afirmou Lindalva, abraçando e beijando o filho com amor.

ZÉ DO LAÇO

7

UMA NOVA FASE

Ataíde saiu do hospital junto com seu tutelado, com quem seguiu caminhando até a casa que passaria a abrigá-lo. Pedro estava muito impressionado com a beleza e a graciosidade da natureza que circundava a colônia. O canto dos pássaros, o multicolorido das flores, a brisa, o farfalhar das folhas nas copas das árvores, era como se estivesse vendo tudo pela primeira vez.

— Ataíde, por que tudo aqui é mais vívido e mais belo do que na Terra? Será que é por isso que alguns chamam o céu de "paraíso"? — perguntou Pedro.

— Compreendemos que a natureza é parte integrante do homem: assim como ela nos constitui, nós a constituímos. Por isso, devemos extrair dela apenas o essencial para nossa sobrevivência, além de cuidarmos dela com afinco.

— Podemos nos sentar um pouco? — perguntou Pedro assim que avistou um banco de jardim.

— Claro!

Os dois se sentaram. Pedro ficou admirando um grupo de crianças que estava acompanhado por duas jovens mulheres.

— Ataíde, como explicar as crianças que perdem a vida ainda jovens, sendo privadas de oportunidades e experiências e retiradas dos pais? — inquiriu Pedro.

— Boa reflexão, Pedro! — exclamou Ataíde. — Como explicado por Serafim, o espírito é imortal, tem a oportunidade de renascer inúmeras vezes, conforme sua necessidade evolutiva. Por detrás da forma infantil, encontra-se um ser milenar com muita experiência na escola da vida. Assim, toda reencarnação tem uma finalidade no planejamento divino, independente se viverá um dia ou cem anos. O Pai aproveita todas as oportunidades ao nosso favor. Vejo que vai gostar muito de estudar e de aprender.

— Sim, tem razão! — falou Pedro. — Além disso, preciso me preparar para o compromisso que firmei com Pai Joaquim. Não posso perder mais tempo; tenho de começar a me preparar para arrumar um trabalho junto à caridade imediatamente.

— Vamos nos concentrar, inicialmente, em sua capacitação. No momento em que estiver pronto, as oportunidades surgirão para que coloque em prática o conhecimento adquirido.

Os dias seguintes transcorreram tranquilamente. Pedro deu início a um ciclo de estudos e aprendizados, tendo um bom desempenho nas atividades. Seguia engajado na oportunidade que lhe fora concedida: aprender. Porém, em alguns momentos, sentia uma tristeza abatê-lo, um arrependimento — nessas ocasiões, conversava com Ataíde ou com alguns dos novos amigos que fizera na colônia, orava pedindo forças ao Pai Maior e buscava se encher de esperança, concentrado em seu objetivo de servir à caridade.

Em um piscar de olhos, dois anos se passaram desde o início da estada de Pedro na colônia Divina Luz. Durante esse período, ele estudava e trabalhava, aproveitando algo de estrema preciosidade, concedido a todas as almas pelo amado Pai: o tempo. Pedro buscava aproveitar todos os segundos intensamente, ansiava em recuperar o tempo perdido e o que deixara de fazer quando encarnado e em sua temporada no umbral. Fizera vários cursos sobre ética, questões espirituais, valores morais e crísticos; excursionara e estagiara nas regiões umbralinas e em postos de socorro; e visitara algumas casas de caridade de distintos seguimentos religiosos na crosta terrestre. No entanto, não conseguia explicar, mas uma necessidade brotava em seu peito.

Certa feita, Pedro, aproveitando um raro momento de descanso, estava sentado em um banco. Contemplava o lago central da colônia espiritual com o olhar perdido, nem percebera que Ataíde havia se sentado ao lado dele e permanecido em respeitoso silêncio.

— Está aí há muito tempo, meu velho amigo?

Ataíde sorriu para Pedro e respondeu:

— O tempo é algo relativo, porém perscruto em seu coração que se questiona qual o novo rumo a ser seguido.

— Tenho refletido sobre isso. Sinto que tenho uma dívida moral com o espírito de Pai Joaquim, mas não sei como posso ser útil dentro do trabalho que ele faz — disse Pedro.

— Pedro — falou Ataíde —, nosso coração possui todas as respostas que necessitamos, nele está contida a centelha do Pai. Assim, quando estamos harmonizados, conseguimos perceber o Pai falando conosco por meio dele. Dessa forma, não tema, siga seu chamado interior. Recomendo pedirmos permissão aos tutores espirituais para irmos ao encontro de Pai Joaquim.

— Assim o farei — respondeu Pedro, assentindo com a cabeça.

Pedro obteve permissão para ir à Terra, acompanhado por Ataíde, visitar o terreiro de Umbanda que o auxiliara outrora.

No dia estabelecido, seguiu para o plano físico com Ataíde, chegando antes de os trabalhos começarem. Era a primeira segunda-feira do mês; uma sessão de caridade em prol das Santas Almas Benditas. O espaço físico pouco mudara e a corrente mediúnica crescera em mais cinco trabalhadores. No plano espiritual, porém, a presença de espíritos era mais intensa.

Logo após chegarem, Anacleto os cumprimentou com um fraterno abraço. Pedro disse que havia voltado para agradecer e apresentou Ataíde.

— Pedro, não tem por que me agradecer; agradeça a Jesus e a Deus Pai. Da mesma forma, não possui qualquer dívida moral comigo. A nossa missão é fazer o bem de forma indistinta, buscando amar o próximo como a nós mesmos, como o Messias nos ensinou — respondeu Anacleto.

— Agradeço a eles diariamente pela oportunidade de ter sido ajudado, assim como tenho enorme gratidão por você ter sido o veículo e pelos outros irmãos que me ampararam naquele momento — ressaltou Pedro.

— Então — falou Anacleto —, siga adiante e busque amenizar as dores dos que sofrem nesta vida.

— Com certeza, assim o farei; busco apenas uma forma de começar.

— Siga atento e confiante que, no tempo certo, o caminho para a estrada da redenção surgirá diante de você — respondeu Anacleto, se despedindo para dar prosseguimento aos preparativos dos trabalhos daquela noite.

Como de costume, os trabalhos tiveram início sob a direção de Hamilton, médium de Pai Joaquim de Angola. Ele deu boas-vindas aos presentes e convidou a todos para orarem juntos.

Encarnados e desencarnados, conjuntamente, fizeram a oração do pai-nosso e da ave-maria. Em torno daquela casa de caridade, formou-se uma aura azulada que imantava todo o ambiente aos olhos espirituais e que constituía uma barreira de proteção. Do coração do médium, um feixe de luz partia em direção ao gongá, à medida que realizava uma sincera rogativa em prol dos trabalhos, dos doentes, dos presentes e dos ausentes. Em retribuição, o altar emitia um orvalho de luz sobre todos os que estavam em ambos os planos daquela seara divina. À medida que a luz orvalhada caía sobre as pessoas, concedia bálsamo, esperança, serenidade e muitas outras coisas, favorecendo uma sintonia com os planos maiores para o bom transcorrer dos trabalhos.

Em determinado momento, durante a louvação das cantigas de Umbanda, Pai Joaquim se manifestou mediunicamente através de Hamilton. Tão perfeito era o entrosamento durante o acoplamento mediúnico, que muitos dos presentes se arrepiaram e se emocionaram, sentindo a energia do preto-velho. Depois da incorporação dos demais espíritos em seus aparelhos e de realizadas as firmezas, começaram os atendimentos espirituais.

Pedro acompanhava tudo com ávida atenção, mas queria entender melhor os momentos em que os guias manifestados pediam aos consulentes que firmassem os pensamentos em algum local, pessoa ou situação, pois iriam correr gira.[11] Ele percebia que, neste instante, vários espíritos de caboclos, pretos-velhos, guardiões, entre outros, que davam cobertura espiritual aos trabalhos caritativos da casa, desapareciam do plano espiritual do terreiro, retornando, pouco tempo depois, na maioria das vezes, trazendo aprisionados espíritos com aparência de delinquentes, prestando informações ao guia que estava incorporado e os auxiliando diretamente nos

---

11 Expressão que significa "dar continuidade ao trabalho". [NE]

atendimentos e na retirada de energias danosas que drenavam o campo energético dos consulentes.

Para o último atendimento da noite, Pai Joaquim pediu aos médiuns que firmassem o pensamento em Deus, pois ele precisaria de todo o apoio possível para auxiliar a consulente. Os médiuns entenderam o recado do guia, pondo-se a cantar com fervor. Diante do preto-velho, foi levada uma jovem mulher, contida pelo marido e outros parentes, em grave estado de perturbação. Os presentes a julgavam louca, porém ela, na verdade, encontrava-se em severo estágio de obsessão.

Ao adentrar a área do terreiro destinada aos trabalhos espirituais, Juliana começou a se debater intensamente — a jovem, apesar de franzina, tinha uma força sobrenatural, difícil de ser contida. Pai Joaquim observava com serenidade.

— Eu quero ir embora agora! Vocês não podem me obrigar a ficar aqui! — exigia Juliana, raivosamente.

Pai Joaquim bateu o cajado com força no chão, baforando o cachimbo em direção à moça e dizendo:

— Filha, seja bem-vinda a esta casa.

— Como ousa chamar isso de casa? Essa tapera está mais para um pardieiro! — retrucou Juliana.

Dona Iraci, médium e esposa de Hamilton, silenciosamente, fez os demais médiuns darem as mãos, formando um círculo ao redor de Juliana e Pai Joaquim.

No plano espiritual do terreiro, era notório para todos que Juliana estava mediunicamente subjugada pelo espírito de um homem que falava através dela.

— Filha — falou o preto-velho —, lembre-se de que Jesus nasceu na manjedoura, entre os animais. Dessa maneira, ele está onde um ou mais clamam por sua presença e rogam auxílio.

— Isso é balela, velhote.

— Basta! — exclamou Pai Joaquim, batendo o cajado. — Quem é você que usa essa jovem como aparelho a fim de enlouquecê-la? Fale por si, meu irmão, não use o nome dela. Você pode enganar os encarnados, que nada entendem do plano espiritual, mas nós, tarefeiros do Cristo, não.

— Eu vou acabar com ela! Eu vou enlouquecê-la! Fui muito bem pago e nada me impedirá de executar o trabalho. Acha que tenho medo de você, um preto saído da senzala? Nada pode fazer contra mim! — respondeu o espírito através de Juliana.

— Sim, meu irmão, meu corpo foi escravizado quando estive encarnado, mas minha alma sempre foi livre e nada é capaz de prendê-la. O Senhor que reconheço é Deus, nosso criador, sirvo ao Seu filho, Jesus, e aos sagrados orixás. Lamento informar-lhe de que tenho permissão do Alto para intervir no caso desta jovem e colocá-la sob a nossa proteção.

— Não se meta a besta comigo, velho!

O preto-velho, mais uma vez, bateu o cajado no chão, fazendo Juliana e o espírito que a atormentava caírem de joelhos, com os braços rentes ao corpo.

— Meu irmão — disse Pai Joaquim —, estendo-lhe a mão e concedo-lhe a oportunidade de deixar essa vida infeliz de malfeitor espiritual para trás, seguir conosco e escrever uma nova história.

— Seus truques não me amedrontam, velhote, entrei aqui com facilidade... é só estalar os dedos que meu bando entrará aqui para me resgatar. Vou sair daqui da forma como entrei: pela porta da frente com esta mulher.

— Filho, para cada ação existe uma reação. Aqui terminam suas nefastas ações no baixo astral. Da mesma forma que não veio sozinho, este preto-velho não trabalha só. Como disse, tenho permissão para intervir e romperemos os laços que o prendem a essa jovem.

Neste momento, Pai Joaquim puxou um ponto para Santo Antônio. Dona Iraci, que estava de mãos dadas com os irmãos da corrente, deu passividade ao espírito de um indígena alto e forte, de pele acobreada, dono de um intenso olhar, com um cocar de penas de araras vermelhas que descia do topo da cabeça até os pés. Ele se apresentou como Caboclo Ubirajara Peito de Aço, e chegou para auxiliar nos trabalhos. Seu Ubirajara e Pai Joaquim se aproximaram de Juliana e começaram a ministrar uma série de passes, deixando o espírito que a acompanhava com uma aparência petrificada. Apesar de imóvel, o intelecto do espírito estava preservado e, mentalmente, ele evocava a horda a que pertencia para que viesse resgatá-lo.

Então, o Caboclo Ubirajara falou mentalmente com o obsessor:

— Eles não poderão ajudá-lo, pois a maioria já se encontra aprisionada pelos guardiões, e os poucos que restaram fugiram.

Pedro pôde observar que, enquanto os guias trabalhavam no terreiro, uma equipe de caboclos bugres e exus saíram do local. Pedro ficou curioso para saber o que ele foram realizar fora do terreiro.

Ataíde, notando a dispersão de Pedro, orientou-o:

— Firme seu pensamento em Deus a fim de fornecer as energias necessárias para ajudar nos trabalhos. Em momento propício, suas dúvidas serão sanadas.

No plano físico, Pai Joaquim fez um círculo de pólvora em volta de Juliana enquanto fazia algumas orações. Quando o Caboclo Ubirajara ateou fogo no plano físico, subiu uma fumaça e vários médiuns deram passividade a diferentes enviados das linhas de Umbanda que vieram se manifestar, concretizando a quebra da magia negativa que quase enlouquecera a jovem Juliana.

Já no plano astral, a pólvora criou uma grande explosão, sendo parte da energia direcionada aos guias e parte à feiticeira que realizara o trabalho, queimando as amarras energéticas que a ligavam, vibratoriamente, a Juliana.

Ao final, Caboclo Ubirajara abraçou Juliana e disse a ela que, a partir daquele dia, ficaria boa, sem qualquer tipo de problema mental, uma vez que seu desequilíbrio era de ordem espiritual. Bastava que ela começasse a tratar da mediunidade, colocando-a em prática e mantendo-se equilibrada para que nenhum mal a acometesse novamente. De mãos dadas com a jovem, o caboclo subiu, enquanto a médium, Iraci, despertava do transe.

Por fim, Pai Joaquim chamou Juliana e o marido para explicar que ela fora vítima de um trabalho de feitiçaria, que não importava quem havia feito, somente que ela, de agora em diante, ficaria bem. O preto-velho também falou que a jovem era médium e que deveria se desenvolver mediunicamente para ajudar o próximo, sem querer nada em troca, assim como ela fora ajudada naquele dia.

— Estou assustada por saber que sou médium, que preciso assumir um compromisso espiritual... não me sinto preparada — comentou Juliana.

— Filha — disse Pai Joaquim —, pronta você nunca estará. Porém, o Senhor proverá os recursos necessários para sua caminhada espiritual, pois o Pai nunca desampara os filhos. Este velho aconselha que não deixe a vida passar de maneira desinteressada, sem fazer nada em prol do outro. A mediunidade é como a água, que precisa fluir e ser aplicada para vários fins. Quando parada, de nada serve, é inútil, pois evapora, vira lodo e perde a finalidade. Por isso, abrace essa causa, siga adiante, faça o bem, seja uma boa médium e ajude as pessoas a curarem as feridas do corpo e da alma.

O preto velho-finalizou a consulta, prescrevendo alguns banhos de ervas, defumações e outras ritualísticas como parte do tratamento do casal.

Apesar de a hora terrena estar avançada, Pai Joaquim começou a fazer seu ritual com as almas necessitadas, oferecendo esclarecimento a alguns espíritos necessitados e encaminhando-os para tratamento espiritual.

No plano espiritual, Caboclo Ubirajara se dirigiu a Pedro, saudando-o:

— Salve, irmão. O filho deseja a oportunidade de manifestar-se?

— Sim, caboclo! Agradeço a chance; gostaria de agradecer o socorro que recebi por intermédio desta casa.

Assim, Ubirajara conduziu Pedro até um dos médiuns da corrente. Pedro, em fração de segundos, começou a perceber a densidade do corpo do médium e como era sentir novamente o corpo físico.

— Irmãos — iniciou Pedro através do médium —, agradeço o socorro que recebi nesta casa de luz. Há cerca de dois anos, fui socorrido em uma sessão como a do dia de hoje; agora, venho agradecer e incentivar que sigam este bendito trabalho que socorre um sem-fim de almas necessitadas. Rogo a Jesus que continue abençoando a caminhada de todos vocês!

Assim, Pedro desincorporou, com o apoio do Caboclo Ubirajara ao lado. Com isso, os trabalhos se findaram no plano físico do terreiro de Umbanda.

ZÉ DO LAÇO

8

A ESPIRITUALIDADE NUNCA DORME

Após o encerramento da sessão no plano físico, a movimentação se intensificou no plano espiritual. Vários espíritos resgatados estavam adormecidos em macas, aguardando transferência para postos de socorro próximos. Enquanto isso, na entrada do terreiro, ligados à tronqueira, espíritos que foram contidos pela guarda espiritual do terreiro estavam em cárcere, aguardando para serem levados.

Pedro, que observava tudo meticulosamente, logo assistiu à aterrissagem de um transporte aéreo espiritual sobre o terreiro. Alguns trabalhadores socorristas desceram para se juntar ao trabalho de remoção dos espíritos.

— Ataíde — falou Pedro em tom de admiração —, nem os médiuns, os frequentadores ou a vizinhança é capaz de imaginar o que se passa aqui em nome do bem e da caridade.

— Não mesmo, irmão Pedro! — respondeu o Caboclo Ubirajara, que vinha se aproximando. — O senhor Hamilton sempre diz aos médiuns que a espiritualidade nunca dorme, que os trabalhos espirituais continuam mesmo após o término das sessões. Muitos filhos, devido à falta de esclarecimento, pensam que voltamos para algum lugar da natureza e lá ficamos até sermos chamados pelos pontos-cantados nos terreiros. Ledo engano! Seguimos trabalhando noite e dia pelos filhos de Oxalá.

— Muito bem colocado, sábio caboclo! — exclamou Ataíde.

— Seu Ubirajara, o senhor poderia esclarecer algumas dúvidas minhas? — perguntou Pedro, um pouco encabulado.

O caboclo olhou no fundo dos olhos de Pedro, era capaz de desnudar a alma dele, e respondeu:

— Sim, meu rapaz.

Pedro, estando mais uma vez diante de Ubirajara, impressionava-se com a força e o magnetismo emanados pelo altivo caboclo.

— Pode explicar o que aconteceu, durante o atendimento da senhora Juliana, quando uma falange de guias partiu em retirada enquanto os trabalhos se desenrolavam no terreiro? — indagou Pedro.

— O irmão se refere aos exus e aos caboclos bugres que nos prestaram auxílio direto durante a desobsessão? — retorquiu Ubirajara.

— Sim, esses mesmos!

— A jovem senhora Juliana fora acometida por um trabalho de magia negativa feito por uma feiticeira contratada por uma ex-noiva do marido que não se conformou com o término do relacionamento e jurou vingança, dizendo que, sem ela, ele jamais seria feliz. Com isso, poucos meses após o casamento, iniciou-se um processo de demanda espiritual sobre Juliana que, detentora de uma mediunidade ostensiva, ainda que ignorada, foi uma presa fácil para o trabalho direcionado ao casal. O obsessor contratado traçou um macabro plano de enlouquecê-la por meio da mediunidade, até que ela fosse internada em um hospício e deixasse o caminho livre para sua cliente. No entanto — continuou Ubirajara —, a Providência Divina nunca tarda. Certo dia, a mãe de Juliana, muito preocupada com a filha, fez uma sentida prece, suplicando a Maria de Nazaré que intercedesse pela filha. Não se passou nem uma hora e a madrinha de Juliana, dona Sônia, chegou para visitá-la; comentando com a comadre sobre o senhor Hamilton, médium de uma cidade vizinha que vinha sendo veículo de muitas graças por meio do preto-velho Pai Joaquim. Imediatamente, a mãe de Juliana entendeu que era uma resposta da Virgem Maria em socorro à sua amada filha. Assim, elas chegaram ao terreiro trazendo Juliana.

— Nunca tinha escutado falar sobre trabalhos de magia feitos para prejudicar alguém — contou Pedro, em tom de surpresa.

— Sim, filho! Eles não devem ser ignorados, mas existe todo um contexto a ser compreendido. Toda circunstância que atravessamos favorece o aprendizado. A situação atravessada por Juliana gerou a oportunidade de ela descobrir, pela dor, seu compromisso como médium. A jovem de hoje já tombou muitas vezes em outras vidas e, nesta encarnação, recebeu a ferramenta mediúnica como graça divina, a fim de ajudá-la a reparar os erros de outrora por meio da prática da caridade, ajudando o próximo indistintamente. Com relação aos trabalhadores questionados, eles se retiraram durante a desobsessão para correr gira, dividindo-se em três equipes. Acompanhados por outros tarefeiros, realizaram o trabalho externo nas casas de Juliana, da feiticeira contratada e da ex-noiva — esclareceu Ubirajara.

— Como assim? Pode falar mais sobre o trabalho de correr gira?

— Nós corremos gira para as mais distintas finalidades. No caso de Juliana, uma parte foi à casa dela para recolher espíritos plantados lá com a finalidade de adoecê-la. Tais espíritos foram expulsos, carregados e aprisionados pelos exus nas regiões umbralinas. Os bugres, caboclos selvagens que viveram nas matas cerradas e nos sertões, que não aceitaram, enquanto encarnados, o processo de colonização imposto pelos europeus, são um povo aguerrido, peritos em destruir energias enfermiças e demandas. Eles foram responsáveis por limpar o ambiente, destruindo toda a negatividade que lá existia. Por fim, deixaram um guardião tomando conta da casa, enquanto Juliana estiver sob tratamento espiritual, recuperando o equilíbrio. As equipes que foram para a casa da ex-noiva e da feiticeira tiveram papéis similares, porém estas usaram a energia da pólvora detonada no terreiro para queimar todas as formas-pensamento direcionadas a Juliana. Além disso, desdobraram ambas as mulheres durante o sono físico, advertindo-as sobre as consequências de seus atos e informando-as que Juliana e o marido estão sob nossa proteção.

— Posso fazer-lhe mais uma pergunta sobre os espíritos encarcerados juntos na tronqueira do terreiro?

— Filho, se tiver tempo e real interesse, convido você e Ataíde para verem na prática, durante os trabalhos que se desenrolarão nesta madrugada — respondeu Ubirajara.

Os olhos de Pedro brilharam como os de uma criança quando agradada:

— Podemos acompanhá-los?

— Sim, Pedro — respondeu Ataíde.

— Peço que aguardem aqui, pois tenho algumas coisas a resolver antes de partirmos — falou Ubirajara.

Quando o caboclo se retirou, Pedro demonstrava euforia para Ataíde; estava ansioso e animado com a oportunidade.

Assim que terminaram os atendimentos emergenciais no plano astral do terreiro, Pai Joaquim convocou os trabalhadores, dando as coordenadas sobre a atuação de todos durante a madrugada. Pedro e Ataíde ficaram um pouco mais à margem da roda, como ouvintes, enquanto os espíritos trabalhadores conversavam a respeito das atividades realizadas no dia.

Pedro escutou passos vindo atrás de si. Quando se virou, deparou-se com um homem esguio, coberto por uma capa preta com fundo vermelho. O homem saudou todos e pediu licença para participar da reunião.

— Seja bem-vindo, Sete Encruzilhadas — saudou-o Pai Joaquim.

O exu, de forma séria, trazia informações sobre os espíritos que haviam sido aprisionados durante a sessão:

— Aproveito para informar que o obsessor que acompanhava Juliana ficará fora de circulação por um bom tempo, visto que, desde que desencarnou, já havia angariado muitíssimos débitos. O caso dele será analisado com bastante cautela pela Espiritualidade Maior.

Encerrada a reunião, depois de alguns espíritos baterem em retirada para seus afazeres, Ubirajara, acompanhado por Pai Joaquim e Seu Sete Encruzilhadas, foi falar com Pedro e Ataíde:

— Pedro — falou Ubirajara, voltando-se para o exu —, apresento-lhe o senhor Sete Encruzilhadas, guardião responsável pela proteção de nossa casa.

Sete Encruzilhadas estendeu a mão a Pedro e Ataíde, cumprimentando-os com vigor.

— É um prazer conhecê-lo — retribuiu Pedro.

— Salve, meus caros — respondeu Sete Encruzilhadas. — Então, os senhores nos acompanharão nesta noite de trabalho?

Pedro assentiu para o exu.

Pai Joaquim informou a Pedro e a Ataíde que eles visitariam Juliana em companhia deles.

Durante o rápido deslocamento espiritual até a cidade vizinha, Pedro voltou-se para Ubirajara e pediu autorização para fazer-lhe uma pergunta.

— Por que o nome do senhor é Ubirajara Peito de Aço?

— Em minha última existência, fui um indígena guerreiro. Na seara umbandista, assumi o nome da legião do Caboclo Ubirajara Peito de Aço por afinidade vibratória. O nome Ubirajara significa "senhor das lanças"; trata-se de um caboclo da Linha de Oxóssi. Já o nome "Peito de Aço" demonstra que trabalho sob a irradiação de pai Ogum, e que não temo as batalhas a serem enfrentadas.

— E por que o senhor trabalha com a médium Iraci? — indagou Pedro.

— Tudo se dá pela lei de afinidade. Somos tarefeiros do Senhor e, onde surgir uma oportunidade, em Seu nome atuaremos. No caso de Iraci, somos almas afins, somos espíritos familiares. Em minha existência como indígena, ela foi minha filha, mas também trabalho com outros médiuns, com os quais não tenho vínculo reencarnatório. Lembro que somos filhos de um único Pai e fazemos parte de uma grande família universal.

O grupo chegou à casa de Juliana e se dirigiu ao quarto. Lá, a jovem já estava desdobrada e acompanhada pelo espírito de duas mulheres.

Pai Joaquim as cumprimentou primeiro, seguido por Ubirajara e Sete Encruzilhadas. Depois, Pedro e Ataíde foram apresentados a elas.

— Esta é Cabocla Iracema e esta é Vovó Rita do Congo; são guias espirituais que têm a missão de trabalhar com Juliana — falou Pai Joaquim a Pedro.

— Eu as vi no terreiro ao lado de Juliana auxiliando nos trabalhos.

— Sim, unimos forças com a banda de Pai Joaquim a fim de auxiliar nossa tutelada — acrescentou a Cabocla Iracema.

Pai Joaquim voltou-se para Juliana, dizendo:

— Filha, viemos aqui para continuar os trabalhos que iniciamos mais cedo no terreiro.

Juliana assentiu para o pai-velho. Sob o comando de Pai Joaquim, todos partiram da casa de Juliana, cortando os céus da cidade em direção a um recinto da natureza e, em poucos minutos, era possível ouvir o barulho das águas batendo nas pedras e divisar uma cachoeira, cujas águas iluminadas pelo clarão da lua sobressaltavam, formando uma bela paisagem.

Ao pararem na margem do rio, Pai Joaquim fez uma sentida prece, pedindo a permissão e a proteção a Deus, ao mestre Jesus e aos orixás a fim de que tivessem êxito no trabalho a ser realizado.

Pedro estava muito emocionado por estar na companhia dos benevolentes amigos espirituais e pela oportunidade de participar daquele momento tão singular.

Assim que a prece terminou, a Cabocla Iracema deu a mão a Juliana e orientou a protegida:

— Não tenha medo, estarei todo o tempo ao seu lado.

As duas adentraram o rio, indo para baixo da queda-d'água. Pedro assistia a tudo com admiração. Na medida em que Iracema e Juliana se deslocavam, Ubirajara fechou os olhos, iniciando um belo e harmônico assovio. Ao mesmo tempo, Pai Joaquim começou a cantar um ponto em intenção de mamãe Oxum.

Tudo era lindo de se ver, Pedro parecia hipnotizado pela cena a que assistia; até que foi desperto por Ataíde, tocando seu braço.

— Pedro, apesar de toda a beleza, mantenha-se concentrado em oração, espalmando as mãos e irradiando energia a fim de ajudar nos trabalhos.

Enquanto Ubirajara assoviava e Pai Joaquim cantava, começaram a emergir várias caboclas das águas, formando um círculo em torno de Iracema e Juliana. Nas águas prateadas pelo luar, as caboclas bailavam e cantavam. À medida que dançavam de forma encantadora, uma nuvem de gotículas multicoloridas começou a se formar, indo em direção e envolvendo Juliana.

Envolta por tal energia, os centros de força do corpo astral de Juliana começaram a ficar luminescentes, e seu espírito começou a irradiar luz; lágrimas de emoção escorriam dos olhos da jovem por vivenciar aquele significativo e singular momento.

Assim que o trabalho terminou, Juliana e Iracema voltaram para a margem do rio. Após o rito, a jovem estava mais lúcida e agradeceu a Pai Joaquim pela ajuda.

— Filha, agradeça a Deus, este velho é apenas um humilde servo do senhor.

Vovó Rita deu as mãos a Juliana, falando:

— Filha, não há roseira que não tenha espinhos; a dor é capaz de transformar e gerar aprendizados. Aproveite positivamente tudo o que passou e vá ajudar os que tanto necessitam. Temos uma missão firmada com você e está na hora de darmos início; lembre-se de que isso faz parte de seu planejamento reencarnatório... você pediu para ser médium nesta encarnação. Por isso, siga seu postulado com muito amor e devoção.

Juliana, que ouvia tudo com muita atenção, respondeu a Vovó Rita:

— Sim, eu me recordo de meu pedido para ser médium e do quanto fiquei contente quando o Senhor me presenteou com essa dádiva. Portanto, farei jus ao meu merecimento, abraçarei a causa e, assim como o exemplo transmitido por Jesus, abraçarei a minha cruz e seguirei em frente.

— Saiba que não será fácil, que muitos serão os desafios e preconceitos que enfrentará, porém sempre estaremos ao seu lado, jamais lhe abandonaremos. Pedimos apenas que tenha fé, que siga nossas instruções e que tenha Cristo como seu maior exemplo de moral e conduta — falou Iracema.

— Agradeço todo amparo recebido e espero que, ao despertar no corpo físico, me recorde ao máximo de tudo o que vivenciei aqui nesta madrugada — comentou Juliana.

— A hora está avançada. Daqui a pouco, o sol vai nascer; precisamos levar Juliana de volta para casa — orientou Pai Joaquim.

Juliana despediu-se de todos, seguindo acompanhada por Vovó Rita, Cabocla Iracema e Sete Encruzilhadas.

— Pedro — falou Pai Joaquim — o que achou dos trabalhos?

— Fiquei muito impressionado com tamanhas força e energia que aqui se manifestaram — respondeu Pedro. — Permite-me fazer uma pergunta?

— Claro — responderam o preto-velho e Ubirajara.

— Será que Juliana vai atender ao chamado espiritual?

— Isso só dependerá do livre-arbítrio dela, meu rapaz — respondeu Pai Joaquim.

— Quais as consequências, caso ela se recuse a cumprir o que foi acordado antes de reencarnar? — questionou Pedro.

— A mediunidade é um fator biopsicoespiritual — Ubirajara tomou a palavra. — Dessa forma, o espírito de todo médium é sensibilizado antes de reencarnar para que capte melhor os aspectos da espiritualidade, mas essa sensibilização difere de pessoa para pessoa, conforme a missão a ser realizada aqui na Terra. No tocante ao fator biológico, todo o organismo do médium reencarnante vem preparado para a tarefa mediúnica. Quanto ao aspecto psicológico, a mediunidade ajudará o médium a manter-se em equilíbrio, favorecendo o perfeito alinhamento entre mente, corpo e espírito. Por isso, a falta de uso da ferramenta mediúnica poderá favorecer o desequilíbrio de mente, corpo e espírito, ou seja, do ser em sua integralidade. Com isso, o médium desequilibrado se torna marionete nas mãos da espiritualidade inferior, além de desenvolver uma forte tendência a doenças de ordem física, emocional e espiritual. O grande desafio desse indivíduo será conseguir manter-se equilibrado longe dos trabalhos caritativos, da reforma íntima, apenas vivendo o gozo dos prazeres mundanos. Também é válido ressaltar que um médium não está isento de ter problemas de saúde, de ordem material ou outras, pois é um ser falho, com débitos a serem quitados conforme a lei de causa e efeito.

— No entanto — acrescentou Pai Joaquim—, a mediunidade a serviço de Jesus pode minimizar muitos sofrimentos a serem atravessados, uma vez que o real aprendizado pela via do bem descarta a necessidade do aprendizado pela via da dor.

— Os esclarecimentos foram muito interessantes e oportunos; isso só me faz ter a certeza do quanto tenho a aprender, a crescer e a estudar. Agradeço a paciência dos senhores comigo — falou Pedro.

— Pedro — disse Ataíde —, precisamos regressar. Acredito que nossos amigos também tenham muitos outros afazeres.

— Sim, claro... — respondeu Pedro, um pouco sem graça e cabisbaixo.

— O que aflige seu coração, rapaz? — perguntou Pai Joaquim.

— Bem, gostaria de fazer um pedido ao senhor.

— Pode fazer!

— Desde que recebi sua ajuda, sinto uma vontade intensa de trabalhar com o senhor. A experiência que tive esta noite só fortaleceu esse sentimento. Todavia, não sei como poderia ser útil, ainda mais sendo um espírito errante como eu.

O preto-velho respondeu, olhando nos olhos de Pedro:

—Na escola da vida, muitos de nós erramos, tropeçamos, falhamos, tombamos; porém, a verdadeira vontade de aprender, de se modificar e de fazer diferente é um caminho para a nossa transformação. Jamais o julgaremos pelas faltas que cometeu, e o incentivaremos a colocar em prática o que aprendeu por meio da semeadura do amor e do bem ao próximo.

— Irmão Pedro, não pode mudar o que já se passou, mas pode escrever uma nova história daqui por diante — arrematou Ubirajara. — Então, não se prenda ao passado e aproveite o momento presente, escrevendo, dessa forma, o seu futuro.

— Assim, tem nossa permissão e nosso apadrinhamento para fazer parte da egrégora umbandista. No entanto, saiba que é preciso muita disposição para o volume de trabalho que espera por você. Está certo disso? — finalizou Pai Joaquim.

— Sim! Fico muitíssimo grato e feliz com a notícia!

— Pedro — falou Ataíde —, precisamos regressar para a colônia e aguardar as instruções que serão repassadas por nossos instrutores.

— Isso mesmo, Pedro — disse Pai Joaquim —, aguarde com muita disciplina e sempre tenha fé, esperança e confiança em seu coração.

Por fim, os quatro espíritos partiram de dentro da mata rumo ao horizonte azulado cortado pelos primeiros raios do amanhecer.

ZÉ DO LAÇO

9
NOVOS RUMOS

Aquela nova oportunidade era um bálsamo revigorante para Pedro. Ele agradecia a Deus e, ao mesmo tempo, percebia que algo havia mudado dentro de si, apesar de ainda não ter a clareza do quê. Pedro retornou às atividades na colônia Divina Luz, colocando em prática o direcionamento de Pai Joaquim.

Dez dias após a experiência com os guias na cachoeira, Pedro foi convocado para uma audiência junto aos instrutores que dirigiam a colônia espiritual.

Na data e hora definidas, acompanhado por Ataíde, o rapaz seguiu para uma das edificações centrais da colônia, onde seria atendido pelos instrutores.

Pontualmente, Pedro e Ataíde foram introduzidos na sala da audiência. No ambiente, havia três pessoas os aguardando, duas mulheres e um homem, que logo se apresentaram, dando boas-vindas à dupla.

— Sejam bem-vindos — disse Paulo, levantando-se e estendendo a mão para cumprimentá-los.

Paulo tinha a aparência de um jovem homem de vinte anos de idade, era branco e alto, de cabelos e barba curtos e bem aparados. Em seguida, também foram cumprimentados por Mônica e Glória. Mônica, de estatura mediana, aparentava não ter mais que quarenta anos, tinha cabelos lisos e pesados até o meio das costas. Usava uma espécie de túnica verde água que contrastava com o bonito tom de pele acobreado. Já Glória era a mais velha do grupo, tinha os cabelos brancos cacheados sobre os ombros, era branca e tinha os olhos castanho-claros.

— Bem, Pedro — disse Glória, que estava sentada no meio do trio, diante de Ataíde e Pedro —, estamos aqui para conversarmos sobre seu desejo de servir na seara umbandista.

— Que bom! Desde que fui auxiliado naquela casa de caridade, sinto que tenho um compromisso com eles. Não sei explicar do que se trata, mas tenho a certeza de que estou pronto para servir, independentemente do que seja, com o objetivo de atender o chamado de meu coração.

— A Umbanda é uma religião que ainda engatinha no plano físico, ainda tem muito a crescer, a ajudar os necessitados, secar as lágrimas das almas que sofrem. Seu principal propósito é levar a bandeira do evangelho do Nazareno por meio da manifestação dos espíritos em prol da prática e da expansão da caridade — disse Mônica. — No plano espiritual, não professamos uma religião, pois não existe uma melhor que a outra, apenas servimos em nome de Jesus.

— "Porque, onde estiverem dois ou três reunidos em meu nome, aí estou eu no meio deles",[12] já nos dizia o Senhor — disse Paulo. — O Mestre estará onde o louvarmos.

— Na Umbanda, você terá um longo caminho de aprendizado com os espíritos mais experientes, terá de se dedicar muito, apren-

---

12 Mateus 18,20. [NE]

der e melhorar, sem esperar reconhecimento ou nada em troca — acrescentou Mônica.

— Está certo de sua escolha? — perguntou Paulo.

— Sim! — respondeu Pedro com convicção.

— Certo — falou Glória. — Concederemos a você um período de estágio probatório nas hostes umbandistas durante um ano, a fim de que possa vivenciar essa experiência. Pai Joaquim será seu tutor. Depois disso, voltaremos a conversar e decidiremos em conjunto. Durante esta etapa, você continuará vinculado à nossa colônia.

— Agradeço a oportunidade — disse Pedro, humildemente.

— Abrace a oportunidade que o Pai Maior lhe concede e faça o seu melhor — falou Ataíde.

Paulo acrescentou:

— Mais uma coisa: antes de assumir a nova tarefa, é importante que você visite sua família terrena e que rememore alguns fatos para se libertar de sentimentos que atravancam sua evolução. Lembre-se também de que o perdão sempre traz a leveza necessária para o espírito alçar voos mais altos, pois foi a dificuldade de perdoar a si mesmo que o aprisionou às zonas umbralinas por anos.

— Sim, tenho ciência dessa minha dificuldade e comprometo-me a buscar melhorar esse comportamento — concordou Pedro.

— Firme esse compromisso consigo mesmo, visto que você será o maior beneficiado de seu próprio crescimento, ajudando, consequentemente, todos os que estiverem em seu entorno — disse Mônica.

— Enfim — Paulo completou —, siga adiante, que estaremos aqui vibrando por seu êxito e, no tempo estabelecido, voltaremos a nos encontrar.

Ataíde e Pedro se despediram dos instrutores, dirigindo-se à saída da edificação. Do lado de fora, para a surpresa de Pedro, sua mãe o aguardava.

— Mãezinha! — Pedro correu para os braços de Lindalva, como quando era menino. — O que faz aqui?

— Por toda a vida, sempre estive ao seu lado, não deixaria de estar nesse momento tão importante. Somos almas afins; assim que soube de sua reunião com os instrutores conselheiros, resolvi estar mais uma vez ao seu lado, meu filho amado.

— Obrigado, mamãe!

— Fico feliz com sua conquista. Aproveite a oportunidade que lhe foi concedida. Também o acompanharei na visita ao plano terreno.

— Quando vamos à Terra?

— Hoje mesmo, porém é de extrema importância que você se lembre de que já se vão catorze anos desde a sua partida; a vida se reorganizou, as coisas tomaram outros rumos — replicou Lindalva.

— Compreendo. Ataíde, você vem conosco?

— Sim, estarei ao lado de vocês.

— Vamos partir — concluiu Lindalva.

Pedro e Ataíde assentiram e, juntos de Lindalva, se deslocaram para onde viviam quando encarnados, uma região rural do estado de Goiás que fazia divisa com Minas Gerais.

O dia ainda não havia raiado. Lindalva convidou Pedro e Ataíde para se sentarem em um banco rústico e antigo que ficava sob as árvores do quintal.

— Meu filho, peço que feche os olhos que vou lhe contar uma história. As imagens fluirão em sua mente, e você assistirá aos fatos ocorridos — disse Lindalva.

Durante muitos anos, seu avô trabalhou para a família da fazenda Santa Cruz, tendo recebido a terra onde vivíamos quando se casou com sua avó. Ele acompanhou o duro período da escravidão; tinha a função de tocador de gado e cuidava do pasto. Quando o senhor Tibúrcio, dono da fazenda, morreu, o genro dele, Genaro, assumiu o comando da propriedade. Genaro era um homem rude, de temperamento difícil, arrogante, que muito destratava tudo e todos, tornando-se malquisto pelos negros, vizinhos e funcionários.

Seu pai, Thomas, ainda meninote, começou a trabalhar na fazenda, seguindo os passos de seu avô. Ele, no entanto, era um jovem ambicioso, que não se conformava com a difícil situação de vida, e queria buscar uma forma de se destacar e crescer aos olhos do senhor Genaro, apesar das advertências de seu avô.

Quando eu e seu pai estávamos de casamento marcado, seu avô morreu. Após o casamento, viemos morar aqui, em companhia de sua avó. Logo engravidei de você e, após o parto, tive algumas complicações de saúde que me impossibilitaram de ter outros filhos. Nessa época, seu pai já havia se tornado capanga do senhor Genaro, o escoltando aonde quer que fosse e fazendo serviços escusos para ele. Com o passar do tempo, seu pai foi se afastando da família, se tornando um homem muito diferente daquele por quem me apaixonei.

Com a morte de sua avó, seu pai ficou cada vez mais atormentado. Todas as noites, bebia e ficava em casa reclamando de tudo. Aquilo me entristecia demais, mas eu seguia com fé, acreditando que ele mudaria. Nos momentos mais difíceis, minha fé me sustentava; eu levava você até a capela da fazenda, rezava, chorava, conversava e desabafava com a Virgem Maria enquanto cuidava do altar... aqueles momentos traziam paz e alívio para meu coração.

Você cresceu junto comigo: trabalhávamos em nossa casa, que era um pequeno sítio, plantávamos, colhíamos e cuidávamos dos animais e da habitação. Quando você estava com catorze anos de idade, Thomas determinou que você deveria se tornar um homem, sair da barra de minha saia e começar a acompanhá-lo. Aquilo me deixou com um grande aperto no peito, pois não concordava com a conduta de seu pai. Apesar de ele não conversar sobre os afazeres dele comigo, sempre tive uma sensação ruim. Além disso, você era minha única companhia naquela casa. A despeito de meus protestos, Thomas me ignorou e, no dia seguinte, passou a levar você em sua companhia para trabalhar na fazenda.

Nessa época, a propriedade já prosperava com o manejo de gado. Você trabalhava com os animais até que, com dezesseis anos, partiu em sua primeira comitiva, com outros peões, levando os animais vendidos para outras paragens. Com meu coração na mão, vendo meu menino se transformar em um homem, pedi a Maria de Nazaré que o cobrisse com seu manto sagrado e o protegesse.

Em uma de suas viagens, você se apaixonou perdidamente por Ana, conhecendo o amor. Logo ficaram noivos e, em menos de um ano, vocês se casaram. Ana foi a filha que não tive: moça boa, amável, trabalhadeira, nutria muito carinho por ela. Tornou-se minha companhia naquela casa e não tardou para que começasse a me dar netos e a trazer um novo colorido para a nossa família.

A vida ia bem, apesar de Thomas se tornar um homem cada vez mais amargo. Bebia todos os dias e, sob o efeito da bebida, discutia com as paredes e tinha o sono muito perturbado. Hoje entendo que grande parte do tormento de seu pai era ocasionada por espíritos que o perseguiam pelas faltas que ele havia cometido, além de outros que vinham beber com ele.

Você era um homem diferente de seu pai: era doce, terno, carinhoso comigo e com sua esposa, tinha muito amor por seus filhos. No entanto, seu pai encasquetou que você deveria assumir as funções dele na fazenda, servindo ao senhor Genaro diretamente. Thomas tanto fez, influenciando o patrão, que você foi transferido de função e passou a ganhar mais. A partir daí, meu filho, você foi perdendo o brilho do olhar, apesar de voltar a ser o Pedro de sempre quando estava em casa. Aquilo me preocupava demais, não queria que você seguisse o mesmo caminho de seu pai.

Certa noite, Thomas chegou em casa e pediu que eu separasse algumas provisões, pois vocês viajariam na manhã seguinte, bem cedo, a trabalho. Senti um aperto incomum no peito, mas de nada adiantaria falar com seu pai... só me restou, mais uma vez, pedir socorro à Virgem Santa, suplicando que ela intercedesse por vocês. Assim, na madrugada seguinte, vocês partiram.

Pedro, que até então estava com os olhos fechados, com lágrimas de emoção escorrendo pelo rosto, revivendo as cenas da história que Lindalva contava como se assistisse à exibição de um filme, abriu os olhos e rompeu o silêncio:

— Eu podia ter desistido, mas não sabia como sustentaria minha família, onde moraria, o que faria. Hoje, tenho consciência de que tudo se ajeita nesta vida de meu Deus, pois nunca estamos sozinhos. Porém, fraquejei naquele momento e, por isso, muito aprendi e sofri durante minha estada no umbral.

— Meu filho, alguns aprendizados, por meio de nosso livre-arbítrio, nós mesmos optamos que se façam pelo caminho da dor — disse Lindalva.

Pedro se virou para Ataíde e falou:

— Meu querido avô, por que, neste tempo em que estamos convivendo, não me contou sobre nosso parentesco? — perguntou Pedro.

— Porque, no momento certo, você perceberia, meu filho! Lembre-se de que constituímos uma grande família universal, apesar dos laços sanguíneos. Um tempo após meu desencarne — continuou Ataíde —, quando alcancei lucidez e recebi permissão, tornei-me um espírito protetor da família, estando ao lado de vocês.

Pedro abraçou Ataíde, depois pediu-lhe a bênção, dizendo:

— Uma pena não termos convivido quando encarnados. Apesar de não o ter conhecido em vida, sempre o achei familiar.

— Isso é natural, pois, sempre que seu espírito se emancipava do corpo físico durante o sono, eu estava na casa para orientá-lo. Além de, muitas vezes, ter tentado ajudá-lo no umbral — esclareceu Ataíde.

Pedro, então, tomou a palavra e prosseguiu com a história:

Fomos para uma cidade que ficava a cerca de quatro dias de viagem a cavalo. No caminho, meu pai me colocou a par do serviço: executar o filho de um fazendeiro vizinho que havia afrontado o senhor Genaro. Disse a meu pai que não queria fazer aquilo, pois nada tinha contra o rapaz. Meu pai ficou enfurecido e me questionou:

— Como ousa desobedecer a nosso patrão? Já pensou, por conta de sua empáfia, se ele nos expulsa de onde moramos? Pensou em nossa desonra? Cairemos em desgraça! Onde arrumaremos emprego? Já pensou em seus filhos, sua mulher, sua mãe passando fome? Acha que ele nos deixará sair vivos de suas terras? Você é um ingrato! Quantos homens almejam estar em sua posição? Abri caminho com o patrão, sou o homem de confiança dele. Agora que estou ficando velho, coloco meu filho em meu lugar e recebo isso em troca?

Os questionamentos levantados por ele me angustiaram sobremaneira. Eu sabia que minha recusa seria nossa sentença de morte e que isso desgraçaria a vida das pessoas que mais amava. Em fração de segundos, meu mundo desmoronara. Por isso, aleguei a meu pai em tom de raiva:

— Em nenhum momento, o senhor me consultou sobre os planos que tinha para mim... eu estava feliz com meu trabalho honesto.

— Sou o seu pai — respondeu de forma autoritária —, sei o que é melhor para você e para a nossa família. Apenas siga as minhas ordens!

Sem nada dizer, pensei comigo mesmo: "Não quero terminar meus dias como o senhor!". Mil coisas passavam por minha cabeça: pensei em voltar para casa, pegar minha mulher, minha mãe e meus filhos e fugir, mesmo sem saber para onde. No entanto, sabia que não sairia ileso da situação. Tinha escutado muitas histórias do senhor Genaro e, por isso, segui viagem com meu pai, mas praticamente mudo.

Logo que chegamos ao local, meu pai passou alguns dias seguindo o alvo. Meu coração estava muito angustiado, a saudade de minha família era lancinante e fazia meu peito sobressaltar.

Antes do amanhecer, eu e meu pai seguimos para um ponto mais alto da estrada que era trajeto de nosso alvo. Ao chegarmos lá, montamos a tocaia e, então, meu pai me informou que eu teria de matar o jovem para virar homem de uma vez por todas. Desde menino, aprendi a manusear armas de fogo, pois só ficávamos eu e minha mãe em casa, e essa era uma forma de nos proteger, mas nunca tive a necessidade de usá-las.

Algum tempo depois, a certa distância, avistamos três homens que vinham na direção da tocaia. Nos preparamos para dar o bote; parecia que meu coração ia sair pela boca. Na hora que dei o tiro que acertou o jovem rival do senhor Genaro, um dos jagunços atirou em nossa direção. A bala nem passou perto, mas meu pai foi certeiro e abateu um deles imediatamente; o outro, porém, partiu em retirada com o braço ferido.

Meu pai ficou furioso, pois os planos deram errado, ele nunca havia falhado com o chefe. Fugimos do local, buscando apagar nossos rastros, pois rapidamente viriam em busca dos homens abatidos e seguiriam em nosso encalço. Durante todo o trajeto, meu pai me culpava pela situação.

Apesar de equilibrado, ainda revivo as cenas em minha mente, e elas fazem meu coração acelerar. Hoje, de mãos dadas com minha mãe e meu avô, sinto que vocês transmitem as forças necessárias para rememorar aquele momento.

Continuando... Meu pai e eu resolvemos nos separar no caminho de volta e combinamos de nos reencontrar em casa. Com cautela, seguimos rumos diferentes. Porém, um dia após ter me separado dele, quando estava abaixado na beira do rio, senti passos próximos. Ao me virar, deparei-me com um grupo de quatro homens com armas em punho, todas apontadas para mim. Fiquei estático; em um piscar de olhos, relembrei imagens, momentos importantes de minha existência e de meus entes queridos. O grupo de jagunços agiu de forma impiedosa comigo, em nenhum momento delatei meu pai e nada confessei, pois tinha medo de represálias contra minha família. Morri calado e torturado. Meu corpo foi deixado na beira do riacho.

Ao retornar, meu pai foi prestar contas dos fatos ao senhor Genaro. O patrão o enviou na manhã seguinte com uma comitiva de gado que levaria bastante tempo viajando, tirando-o de circulação por um bom período.

Quando vi Thomas chegar em casa exaltado, me desesperei; logo imaginei que algo de ruim tinha acontecido a você, meu filho. Seu pai ficou fora por quase seis meses. Pouco tempo depois da partida dele, começou um boato de que o filho de um fazendeiro da cidade vizinha havia morrido, mas os rumores não esclareciam se havia sido um assalto ou uma tocaia. Minha intuição me dizia que havia sido uma tocaia, e que você e seu pai estavam envolvidos.

Antes de seu pai partir com a comitiva, ele havia me contado que vocês tinham feito um trabalho malsucedido, que haviam se separado no trajeto de volta para casa e que talvez você chegasse em alguns dias. Fiquei muito triste! Ainda assim, todos os dias, esperava por sua chegada, e nada contei a Ana. Com o passar dos dias, imaginei que o pior tivesse acontecido a você. Experimentei umas das piores dores da vida, uma parte de mim também morreu.

Quando Thomas voltou de viagem, fiz ele ir atrás de você. Dias depois, ele retornou para casa com seus restos em um saco. Enterramos seus despojos nos fundos de casa, ao lado de seus avós. Ana, sua esposa, ficou inconsolável, com o um casal de filhos pequenos para criar, viúva aos vinte anos.

Esse foi o período mais difícil de minha vida, havia perdido meu único rebento, que contava apenas 22 anos de idade. A fé foi o meu esteio, me espelhei em Maria, reunindo todas as minhas forças para encaminhar Ana e seus filhos. Quase dois anos após sua partida, comecei a incentivar Ana a se casar novamente, até que ela conheceu Murilo, um homem jovem como ela que perdera a mulher no parto da segunda filha. Ambos, com o passar do tempo, apaixonaram-se e casaram-se. Incentivei Murilo para que, após o casamento, viesse morar em nosso sítio com as filhas, fazendo a família crescer.

Após seu enterro e com a ajuda da bebida, Thomas acabou envelhecendo muito. Construímos um quarto do lado de fora da casa, próximo ao celeiro, para ele, pois já estava ficando insano.

Apesar de o tempo ter passado, meu filho, a dor de sua ausência nunca deixou meu coração. Tenho a certeza de que a minha fé me manteve viva para encaminhar aquelas almas. Depois que as coisas serenaram em nossa casa, fui acometida por uma pneumonia muito forte, que não tardou em ser a minha ponte para o regresso ao plano espiritual. Ana foi incansável e, como uma boa filha, permaneceu todo instante ao meu lado. Ela sofreu demais com a minha partida repentina.

Era de manhazinha, a família começava a se movimentar para mais um dia. A porta da casa se abriu; um homem e um rapazinho logo saíram da casa em direção ao curral para ordenhar as vacas.

— É Pedrinho, meu filho! — falou Pedro, emocionado.

— Ele mesmo — respondeu Ataíde.

Pedro acompanhou o jovem, acariciou os cabelos dele e beijou a cabeça do filho de forma terna. Depois, o grupo ingressou na casa na qual ele havia vivido.

Ana estava na cozinha, tirando uma broa do forno a lenha. Três jovenzinhas a auxiliavam.

— Filho — disse Lindalva —, aquelas são Conceição e Maria do Carmo, as filhas de Murilo. A pequenina é Rosa, filha do casal.

Pedro se aproximou de Ana e colocou a mão sobre o ombro dela, dizendo:

— Ana, do fundo de meu coração, desejo que seja feliz, que eduque nossos filhos com amor e carinho, a fim de que se tornem um homem e uma mulher de bem e valorosos. Muito a amei, desejo que siga sua vida em paz e repleta de bênçãos.

Uma lágrima escorreu dos olhos de Ana, pois recordara-se do finado marido que um dia tanto amou.

Rosa se aproximou de Ana, perguntando-lhe:

— Por que está triste, mamãe?

— Nada, filhinha. Entrou um cisco em meu olho — respondeu Ana, amorosamente.

— Então, deixa eu assoprar!

— Claro! — Ana abaixou-se em direção à filha, que assoprou os olhos da mãe, secou suas lágrimas e a abraçou.

— Mãe, onde está Lúcia, minha filha? — perguntou Pedro.

— Ela está no pomar, colhendo algumas laranjas para fazer um suco para a família — respondeu Lindalva.

— Podemos ir até lá?

— Claro, meu filho!

Lúcia estava acabando de colocar as laranjas no cesto quando, virando-se rapidamente, viu o espírito de Lindalva se aproximar, acompanhado por dois homens de quem ela não se recordava.

Pedro ficou surpreso ao notar que a filha conseguia vê-los e Ataíde, percebendo os pensamentos do neto, falou em seu mental que Lúcia era médium clarividente, e que, muitas vezes, percebia os espíritos que a rodeavam.

— Oi, minha querida neta — falou Lindalva para Lúcia. — Hoje, vim em companhia de seu pai e de seu bisavô para visitá-los. Não precisa ter medo; estamos aqui para abençoá-los.

Lúcia retribuiu a mensagem da avó com um sorriso e um aceno de cabeça. Em seguida, eles desapareceram aos olhos da jovem. Depois, Pedro foi até onde a filha estava e deu um beijo em seu rosto, acariciando as tranças da jovem. Neste instante, Lúcia sentiu um agradável arrepio em seu corpo, que atribuiu à presença dos bons espíritos que vira. Também ficara impressionada por ter visto o espírito do pai pela primeira vez. A jovem não sentia medo das visões que tinha desde pequenina; apenas evitava ao máximo ir até o cômodo onde o avô vivia, pois as visões que tinha no lugar eram terríveis.

Por fim, Pedro, Ataíde e Lindalva seguiram até o cômodo em que Thomas estava. O local era fétido, pois ele não permitia que ninguém entrasse para limpar. Era circundado por uma aura muito densa, causada pelos vários espíritos que faziam companhia a ele, obsedando-o, pois se sentiam no direito de cobrar as faltas e dívidas contraídas por Thomas.

— Pedro — advertiu Ataíde —, nada acontece por acaso. Não alimente o sentimento de comiseração, principalmente porque Thomas não deseja ser ajudado. Isso deve ser respeitado. Ele detém o próprio livre-arbítrio e é o único responsável pelos próprios atos e pelas companhias espirituais que estão ao lado dele.

— Entendo. Posso me aproximar dele? — perguntou Pedro.

— Sim — respondeu Ataíde.

— Pai, lamento o estado em que se encontra. Não sinto raiva de você, já o perdoei há muito tempo. Desejo que o senhor encontre a paz e que, um dia, possamos nos reencontrar em outro contexto.

Thomas tinha o olhar distante, aparentava um estado de demência. Quando Pedro virou as costas, ele começou a falar ao vento:

— Pedro, seu ingrato. É culpa sua eu estar neste estado! Fui posto para fora de minha casa, perdi a minha dignidade, e hoje vivo um inferno em vida por sua culpa! Espero que você esteja ardendo no inferno, filho infeliz, e que, um dia, me preste conta do mal que me causara.

Pedro ficou surpreso com o que ouviu.

— Filho, não se surpreenda. Thomas ainda é um espírito muito endurecido, distante de Deus por conta de seu desamor por tudo e todos. Você o perdoou sinceramente, e isso é o que importa neste momento — explicou Lindalva.

— Vamos retornar à casa onde a família está reunida para a refeição — disse Ataíde.

Era um momento bonito de se ver. Pedro, Lindalva e Ataíde admiravam todos em volta da mesa, partilhando o pão, a conversa e os bons sentimentos.

Após o café da manhã, Ana estava na beira do fogão acompanhada por Lúcia, que a ajudava na cozinha.

— Mamãe — disse Lúcia —, quero lhe contar algo...
— Diga, minha filha.
— Hoje, tive uma visão no pomar: vi a vovó Lindalva acompanhada por dois homens, um mais velho e outro mais moço, que ela disse se tratar do papai. Fiquei muito feliz em vê-lo, pois não me recordava de sua aparência e, infelizmente, não temos nenhuma fotografia dele — terminou a jovem, descrevendo Pedro para a mãe.
— Eu acredito em você, minha filha — disse Ana, emocionada, tendo a certeza de que ela dizia a verdade, tanto pela descrição feita pela menina, quanto por ela ter se lembrado repentinamente do finado marido naquele dia, depois de muito tempo.
— É hora de partimos — avisou Ataíde.
Antes de saírem da casa, Pedro acenou em direção a Lúcia e soprou um beijo para ela. A jovem retribuiu com outro beijo na direção do pai, sem que a mãe percebesse a situação.
Então, Lindalva, Pedro e Ataíde regressaram à colônia Divina Luz.

ZÉ DO LAÇO

10
DEIXA A GIRA GIRAR

Chegando à colônia, Lindalva abraçou Pedro e se despediu, dizendo:
— Filho, abençoo sua caminhada! Continuarei o acompanhando e, sempre que precisar, é só me chamar.
— Agradeço-lhe, minha mãe, por sempre estar ao meu lado vibrando a meu favor — Pedro retribuiu afetuosamente.
— Meu neto, também abençoo o caminho de aprendizado que passará a trilhar — Ataíde falou. — Rogo ao Cristo que esteja com você nesta jornada evolutiva, e saiba que sempre pode contar comigo.
— Agradeço por seu carinho, por ter me recebido e me acompanhado até aqui. Peço que continue a olhar por nossa família que ficou na Terra e espero estar com o senhor muitas outras vezes — disse Pedro ao avô. — Enfim, é hora de seguirmos adiante, com lágrimas de alegria.

Pedro, Lindalva e Ataíde se despediram com um "até breve".
Enquanto se deslocava para o terreiro de Umbanda, Pedro refletia sobre a importância do aprendizado e do perdão. Pondera-

va como era importante perdoar o outro e a si mesmo, e pensava consigo mesmo: "Como demorei a despertar, acabei seguindo o caminho do aprendizado pela dor, mas hoje compreendo que esse remédio amargo foi importante para meu aprimoramento. No tempo em que fiquei estagnado, apenas me lamentando, poderia ter evoluído e feito algo de útil pelo próximo. Hoje, vejo com clareza e agradeço a oportunidade de aprender e de evoluir que se abriu em minha vida. Enfim, é para a frente que se anda!".

Pedro adentrou o terreiro em busca de Pai Joaquim. Ao acessar o salão onde ocorriam as sessões, viu seu Hamilton orientando uma mãe com o filho pequeno no colo e entregando a ela algumas ervas. O espírito de Pai Joaquim estava ao lado do médium, sem que este o percebesse, intuindo-o na condução dos benzimentos e da prescrição das ervas para a recuperação da criança.

— Salve, irmão Pedro! Mais uma vez, seja bem-vindo à nossa casa! Fico feliz em vê-lo por aqui — disse o preto-velho, abraçando o jovem.

— Eu que agradeço, Pai Joaquim. Recebi a permissão dos mentores da colônia à qual pertenço de estagiar durante um ano nesta seara de luz.

— Ótimo! Aqui temos bastante trabalho, basta ter fé, disposição, disciplina e boa-vontade para servir.

— Posso começar fazendo o quê?

— É importante que conheça as diferentes frentes de trabalho e as vivencie. Por isso, peço que comece se dirigindo à nossa porteira para ajudar na guarda astral, pois, de quando em quando, somos atacados. É importante que você entenda sobre nossas defesas. Esse setor do terreiro fica sob o comando do camarada Sete Encruzilhadas. Vá até lá e apresente-se para o trabalho até que lhe seja designada outra função — respondeu Pai Joaquim.

Pedro pediu licença ao preto-velho e se dirigiu à porteira, conforme orientado. Lá chegando, apresentou-se às sentinelas que montavam guarda no portão. Apesar de a estrutura da casa do senhor Hamilton ser bem simples, no plano espiritual existia todo um aparato e um grande portão seguido por uma muralha, cujas extremidades tinham quatro guaritas que monitoravam a casa e cobria todo o perímetro do terreno. A segurança era feita dia e noite por uma equipe de homens e mulheres. Eram dez espíritos que se revezavam em diferentes turnos, garantindo a proteção espiritual da casa.

Sem encontrar Sete Encruzilhadas, Pedro se apresentou ao único espírito que ficava entre o acesso principal do terreiro e a casa de exu.

— Olá, meu irmão, me chamo Pedro. Estou procurando por Seu Sete Encruzilhadas a pedido de Pai Joaquim.

O homem, atento ao que Pedro falava, como se tentasse ler os pensamentos dele, respondeu:

— O senhor Sete Encruzilhadas saiu em missão. Em breve, retornará.

— Obrigado! Como o irmão se chama?

— Sou apenas o soldado do exército do senhor Sete Encruzilhadas responsável pelo turno.

— Entendo e agradeço. Será que posso esperar junto a você?

— Pode, sim!

Ao mesmo tempo, Pedro ouviu a gargalhada seca de uma mulher que vinha da casa de exu.

— Olá, moço! Sou Maria Figueira da Calunga. Junto com Sete Encruzilhadas, sou responsável pela guarnição deste terreiro — apresentou-se a pombagira.

— Salve, minha senhora, eu me chamo Pedro e fui enviado por Pai Joaquim.

— Estou ciente, o nego-velho me avisou. Pode me chamar de Dona Figueira, é como todos me conhecem por aqui.

Pedro ficou impressionado com a potência e a postura daquela mulher. Dona Figueira se vestia toda de preto, com sobriedade, tinha os cabelos pretos como a noite, ondulados um pouco abaixo dos ombros; era branca e aparentava uns quarenta anos. Exalava feminilidade e era detentora de um olhar misterioso.

— O que achou de nossa porteira, Pedro? — perguntou Dona Figueira.

— Senhora, fez-me lembrar dos portões de acesso da colônia espiritual de onde vim e de alguns pontos de socorro que visitei no umbral. Porém, não imaginava todo esse aparato ligado a um terreiro na Terra.

— Fazer o bem incomoda os que ainda caminham nas trevas da ignorância. Uma casa de caridade é um ponto de luz no meio da escuridão que ajuda as almas necessitadas. Portanto, todo cuidado é pouco, sendo necessária constante vigilância a fim de evitar ataques à casa. Além disso, nos dias de sessão, toda a segurança é redobrada; somos auxiliados por outros guardiões que patrulham o quarteirão físico, no entorno do terreiro, e por outros trabalhadores das fileiras umbandista.

Dona Figueira chamou o soldado com quem Pedro interagira:

— Otaviano!

— Sim, senhora.

— Peço que apresente as guaritas, as demais sentinelas e os cárceres ao novato. Pedro nos acompanhará em sua fase de aprendizado e aprimoramento — falou Dona Figueira, adentrando a tronqueira.

— Entendido — respondeu o soldado. — Como Dona Figueira mencionou, me chamo Otaviano, comecei a trabalhar com o senhor Sete Encruzilhadas antes mesmo da fundação do terreiro, que já conta oito anos. Siga-me até as guaritas.

Do ponto de observação, Pedro constatou que os guardiões tinham ampla visão de toda a área em torno da casa de caridade.

Os soldados tinham uma espécie de binóculo que, além de proporcionar uma visão de longo alcance, possibilitava analisar a energia dos que se aproximavam e ver se os encarnados estavam sob algum tipo de processo hipnótico causado por uma obsessão severa. Apesar de já ter visto a guarda de prontidão em colônias e postos de socorro, jamais entendera com profundidade os afazeres desempenhados por aqueles irmãos.

Chamou a atenção de Pedro o fato de as sentinelas terem algo que se assemelhava a uma arma de fogo que fazia lembrar o calibre das espingardas que conhecera quando encarnado. Contudo, tratava-se de algo mais arrojado.

— Otaviano, nunca tinha visto armas no plano espiritual; não imagino a necessidade disso por aqui. Pode explicar-me sobre este assunto?

— Claro, Pedro! Muitas vezes, os seres que tentam atacar o terreiro, devido às suas condições espirituais, têm um denso padrão vibratório. Por isso, precisam ser contidos e advertidos. Alguns, efetivamente, vêm para atacar e destruir; outros, apenas para fazer arruaça. Assim, lançamos sobre eles espécies de tiros de luz que os deixam paralisados, desacordados e atordoados, afugentando-os daqui. No caso de espíritos reincidentes com a Lei Espiritual, cuidamos para que sejam aprisionados; alguns são levados para sessões de desobsessão, nesta ou em outras casas, conforme os sentimentos que nutrem e as faltas que cometeram; outros são levados, por ordem dos exus e das pombagiras, para regiões do umbral e lá ficam aprisionados.

— Jamais imaginei algo assim! — admirou-se Pedro.

— É bom ir se acostumando. Na porteira do terreiro, vemos muitas coisas e reportamos à chefia; nada passa desapercebido aqui. Daqui, já temos uma prévia do que ocorrerá durante os trabalhos espirituais — complementou Otaviano.

— Quais os principais desafios que atravessam nesta função?

— Os médiuns são o principal desafio de qualquer casa. Isso, com o tempo, você poderá constatar — respondeu Otaviano, enquanto seguia apresentando os cárceres a Pedro.

— Como assim? Pode falar mais a respeito?

— Os médiuns têm um papel fundamental, pois eles são peças-chave que conectam os dois planos: físico e espiritual. No entanto, poucos são os que têm real comprometimento com a tarefa que desempenham. Devido à equivocada postura adotada por muitos deles, abrem-se brechas na segurança espiritual da casa, favorecendo ataques e infiltrações do baixo astral.

— Poderia exemplificar para que eu possa entender melhor?

— Nesta e em outras casas, os guias pedem para que os médiuns "firmem a cabeça". Os guias falam isso porque estão percebendo dispersão de energias, falta de concentração, perda de foco; em outras palavras, os médiuns estão com o pensamento à deriva, ligados a questões fúteis, supérfluas, torpes... Outro problema é não seguirem à risca a recomendação dos guias de luz acerca da necessidade de se resguardarem espiritualmente para os trabalhos nas giras de Umbanda, deixando de beber, evitando aborrecimentos, realizando dieta alimentar, abstendo-se de relações sexuais, tomando banho de ervas, firmando o anjo da guarda, entre outras mínimas necessidades para um melhor desempenho mediúnico.

— Nossa! São muitas coisas que você apontou.

— Cabe lembrar — continuou Otaviano —, a maioria dos seres encarnados detentores de mediunidade são seres moralmente endividados, que já tombaram inúmeras vezes, que pediram a clemência divina, e que lhes fosse concedida essa ferramenta para auxiliá-los na quitação dos muitos débitos pretéritos. No entanto, ao reencarnarem, a bruma do esquecimento nubla alguns dos compromissos firmados na espiritualidade; porém, independentemente de qualquer coisa, eles ficam registrados em uma parte adormecida da mente espiritual e, quando não são cumpridos, quando permanecem distantes do chamado do coração, cobranças emergem de diferentes maneiras na vida de cada um, tais como doenças físicas, confusão emocional, angústias e várias outras.

— Apesar de ter lido, estudado e aprendido sobre mediunidade, não tinha essa dimensão — comentou Pedro.

— Você, a partir de agora, vivenciará isso no dia a dia do terreiro. Terá muito a aprender — asseverou Otaviano.

— Salve, senhores! — ressoou a voz de Sete Encruzilhadas por detrás deles.

Otaviano e Pedro retribuíram o cumprimento do exu.

— Vejo que Otaviano fez as honras, tecendo-lhe algumas explicações durante minha ausência — falou Sete Encruzilhadas.

— Sim — disse Pedro —, sou grato pela paciência que ele teve comigo e pelas informações que me passou com minúcia.

— Outro ponto de fundamental relevância sobre os médiuns, agregando à fala de Otaviano, é a necessidade urgente de reforma íntima. Infelizmente, os médiuns creem equivocadamente que vir ao terreiro e incorporar é o bastante para fazer a sua parte. Na verdade, eles devem assumir o real compromisso de colocarem em prática, no dia a dia, as orientações dos guias, pois tais ensinamentos, quando praticados e internalizados, são como gotas de luz que proporcionam a ascensão moral e espiritual — concluiu Sete Encruzilhadas.

Em seguida, mudando de assunto, o exu continuou:

— Agora, vou apresentar-lhe nossa tronqueira. Como vê, do lado esquerdo de quem entra no terreiro, temos uma casinha no plano físico em que o senhor Hamilton deposita alguns itens semanalmente, que são reforçados nos dias de sessão por meio das firmações. Muitos encarnados acreditam que, se as firmezas de exu não forem postas, faremos arruaças e atrapalharemos o bom andamento das sessões. Na verdade, jamais faríamos isso, uma vez que servimos à Lei Maior e fomos recrutados para as lides umbandistas pelos caboclos e pretos-velhos, que nos deram a chance e a oportunidade de evoluir aprendendo com eles e ensinando aos menos esclarecidos. Tivemos nossos tropeços quando encarnados e já desencarnados, mas a vontade de evoluir e servir é maior em nossos corações. Assim, somos trabalhadores como quaisquer outros na Umbanda, unimos forças e formamos uma formosa banda de luz em nome de Deus. Esclareço que usamos as firmezas aqui depositadas de forma esotérica, manipulando energias, realizando transmutações, absorvendo cargas negativas... A tronqueira, ou casa de exu, como denominam os encarnados, tem a função de descarregar todos os que passam por aqui, tragando energias daninhas e enfermiças, realizando uma primeira limpeza nos que vão assistir ou participar das sessões. Além disso, aqui aprisionamos alguns dos obsessores que não podem ultrapassar este ponto; outros, permitimos que passem e acessem o terreiro, pois compreendemos que, de alguma forma, podem ser beneficiados pelos espíritos de luz. O nosso trabalho se dá em conjunto com o dos benfeitores espirituais. Enquanto eles estão manifestados em terra, garantimos a segurança espiritual, corremos gira para eles, desmanchamos feitiços e aprendemos malfeitores do baixo astral.

Enquanto Seu Sete Encruzilhadas falava, Pedro observava os itens dispostos dentro da casa de exu. Viu alguns coités[13] com marafo, charutos, uma pequena quartinha de barro com água, uma vela de sete dias acesa sobre uma tábua de madeira com um desenho riscado e sete punhais pequenos cravados sobre ela.

---

13 Coité é uma espécie de cuia feita com casca do coco, na qual são servidas bebidas aos guias. [NE]

Chamou a atenção de Pedro que uma luz irradiava do desenho riscado sobre a madeira, formando um redemoinho no sentido anti-horário que parecia ter a função de sugar algo.

— Com licença, Seu Sete Encruzilhadas, pode me explicar o que é isso? — perguntou Pedro, apontando para o desenho.

— Bem observado, rapaz! — gargalhou o exu. — Este é um ponto de firmeza que sustenta vibratoriamente a tronqueira. Cada punhal fincado sobre o ponto simboliza os cortes de demandas, otimizando a defesa de nossa casa; o marafo tem a função de transmutar, decantar, absorver e expandir as energias; a água é o simbolismo da vida e da fluidez, tem a função de desmanchar cargas pesadas; a vela simboliza o elemento fogo, e queima toda negatividade; o charuto tem ligação com o elemento ar; o elemento terra é simbolizado por esta planta, chamada de comigo-ninguém-pode. Todos os elementos reunidos e imantados trazem a força necessária para ativação do vórtice de energia que gira sobre o ponto-riscado no sentido anti-horário, tendo a função primordial de sugar todas as negatividades e despachá-las na natureza através de um portal — respondeu Sete Encruzilhadas.

— Desculpe a ignorância, mas qualquer um que riscar um ponto com essa finalidade terá êxito? — indagou Pedro.

— Não — respondeu Sete Encruzilhadas. — A Umbanda é uma religião que usa elementos como chaves magnéticas que, quando devidamente manipulados pelos guias, espíritos consagrados, conseguem alcançar este e outros intentos. Cabe mencionar que existem pontos-riscados para distintas finalidades. Quanto ao ponto desta tronqueira, eu o tracei quando estava em terra manifestado junto do médium Hamilton, além de ter contado com o total apoio no astral de Dona Figueira. Também contei com a participação de outros trabalhadores do plano astral que ajudaram a firmá-lo, se comprometendo com a defesa espiritual desta casa de caridade. Pedro, é louvável todo o seu interesse em aprender; dedique-se, faça por merecer a oportunidade que Pai Joaquim lhe concedeu. Agora, preciso ir. Findamos suas lições por hoje; o aprendizado precisa ser assimilado e vivenciado.

— Agradeço, Seu Sete Encruzilhadas! Existe algo que eu possa fazer durante meu tempo livre? — perguntou Pedro.

— Trabalho em uma casa de caridade nunca falta, basta estar disponível de coração para servir. Dessa maneira, recomendo que vá até nossa enfermaria e procure por Eunice, uma das responsáveis.

Assim Pedro o fez. Despediu-se de Otaviano e Sete Encruzilhadas e seguiu para o local indicado pelo exu à procura de Eunice.

— Com licença, procuro pela senhora Eunice. Eu me chamo Pedro e sou novo aqui — falou ao chegar em uma pequena enfermaria.

— Seja bem-vindo, Pedro! Sou Eunice. Temos muito trabalho por aqui; se veio para ajudar, está no local certo — respondeu uma mulher branca, com largo sorriso acolhedor e uma aparência bonachona.

O olhar de Eunice era enternecedor e o fazia sentir-se acolhido.

— Agradeço a receptividade! Sou novo nesta casa, vim estagiar e aprender sobre os diferentes setores e frentes de trabalho — esclareceu Pedro.

— Sou responsável pelos três leitos que compõem a nossa enfermaria. Somos uma casa pequena, que logo se expandirá bastante na seara do bem. Para cá, são trazidos espíritos necessitados que não têm condições de serem transferidos de imediato para postos de socorro ou colônias espirituais. Por isso, realizamos um primeiro tratamento à base de ervas, cromoterapia e fluidos restauradores até que fiquem em condições de serem levados.

— Não fazia ideia de que, no plano espiritual de um terreiro, havia uma enfermaria como esta.

— Toda casa religiosa é um solo sagrado do qual, a partir das ideações emanadas pelos encarnados, extraímos as energias necessárias para executarmos uma série de trabalhos. Agora, com relação às alas destacadas para o refazimento e a recuperação de espíritos adoecidos, isso depende da egrégora de cada casa, mas a maioria possui um local destinado a tal finalidade; a quantidade de leitos e o tamanho da equipe dependem da demanda espiritual, conforme os trabalhos realizados. Aqui na casa de Pai Joaquim, começamos com um leito; hoje, temos três. Porém, o mentor da casa, junto à Espiritualidade Maior, já avalia a necessidade de uma ampliação, pois os trabalhos caritativos seguem em uma crescente constante — explicou Eunice. — Pedro, você chegou justamente no momento que os espíritos sedados estão passando por uma sessão de cromoterapia.

— O que é essa tal cromoterapia? — perguntou Pedro, curioso.

— Como vê, o tratamento se baseia no uso de cores para ajudar no reestabelecimento dos doentes, conforme a necessidade de cada um. Este é Tyraj, o trabalhador hindu responsável pela aplicação da terapia das cores que sempre vem auxiliar nos trabalhos da casa, em especial em tudo o que está relacionado aos processos de cura. Quando encarnado, ele viveu na Índia — contou Eunice.

Tyraj era um homem de pele morena, olhos amendoados e baixa estatura. Vestia uma túnica alaranjada.

— Que interessante! Na colônia, estudei um pouco da cultura hinduísta quando falamos das diferentes religiões do mundo.

Pedro cumprimentou o oriental e Tyraj retribuiu a saudação com um sorriso.

— Como vê — falou Eunice —, o que nos une é a afinidade do pensamento e das boas ações que vêm do coração. Nós, espíritos, estamos ligados pelo amor em servir em nome de Cristo e do Bem. Da mesma forma, temos a Umbanda, que reúne uma egrégora de diferentes credos e etnias a fim de seguir expandindo a prática da caridade e do amor ao próximo.

— Irmão Pedro, venha ver como se dá a aplicação e quais são os efeitos da cromoterapia — chamou Tyraj.

Uma pequena luminária pendia sobre as camas dos homens adormecidos e emanava uma agradável luz que os envolvia por inteiro. Parecia que os corpos tomavam a coloração que estava sendo aplicada.

— Cada cor tem uma função e uma razão de ser aplicada. Como pode observar, um dos homens está recebendo irradiação verde e o outro, violeta. O que recebe a cor verde precisa ser curado das feridas que o espírito ainda acredita ter no corpo espiritual, pois este irmão desencarnou por lepra. Assim, esta cor provoca um efeito analgésico, auxiliando na reconstituição dos tecidos. Já o outro irmão recebe a coloração violeta para que sejam transmutados os pensamentos melancólicos e auto-obsessivos carregados e alimentados por ele mesmo ao longo de sua existência — elucidou Tyraj.

Enquanto calibrava a aparelhagem para começar a aplicar a terapia no terceiro homem acamado, o oriental continuava a explicação:

— Agora, vou ministrar a cor azul-celeste neste senhor, a fim de serenar seus pensamentos, uma vez que ele fica revivendo o acidente que ocasionou sua morte, além de ficar recebendo os pensamentos de desespero emitidos pelos familiares devido ao desenlace. Por ser um homem materialista, ele não acreditava na continuação da vida, e isso fez aflorar nele medos e angústias que o impossibilitavam de compreender sua nova condição de vida espiritual. Este irmão foi recolhido na última gira; ele acompanhava a mãe, que sentia o reflexo espiritual da angústia dele: não conseguia dormir e não parava de pensar no filho amado que desencarnara. A presença dele ao lado dela poderia acarretar um processo de adoecimento físico em decorrência da obsessão inconsciente instalada. Era notório que, apesar de sedado, o homem apresentava fibrilação por todo o corpo astral, dando solavancos na cama em alguns momentos. Pedro, peço que me ajude: faça uma prece em intenção deste irmão enquanto ligo o aparelho.

— Claro, pode contar comigo!

Tyraj ligou a iluminação e um feixe cristalino de luz azul-celeste desceu sobre o corpo do homem. O indiano pôs a destra sobre a fronte do assistido e a mão esquerda sobre o peito do homem. Depois, fechou os olhos com muita concentração e serenidade. Era possível ver o campo áurico de Tyraj se tornando azul e a coloração a envolvê-lo. A luminescência irradiada através de Tyraj também envolvia o homem. Em seguida, Pedro também fechou os olhos e pôs-se a rezar. Aquela luz azulada o remetia ao manto da Virgem Maria e, por isso, ele começou a clamar que a grande Mãe intercedesse junto ao Filho e ao glorioso Pai por aquele espírito que sofria, proporcionando-lhe o acalanto necessário para superar o difícil momento. Pedro findou a prece e, ao abrir lentamente os olhos, pôde observar que as expressões e o comportamento do homem haviam suavizado muitíssimo e, agora sim, ele parecia estar em um estado de sono profundo. Tyraj também foi abrindo lentamente os olhos.

— Tyraj — quis saber Pedro —, esses irmãos passarão por este tratamento por quantos dias?

— Até a próxima sessão, quando serão levados para o processo de incorporação. Lá, serão avaliados pelos amigos espirituais que decidirão o que fazer com eles — respondeu Tyraj.

— Entendi. Agradeço-lhe a paciência em me explicar e a atenção dispensada.

Tyraj espalmou as mãos unidas sobre o peito, saudando Pedro:

— Namastê, meu novo amigo!

— Namastê?! — repetiu Pedro com dificuldade.

— Sim, esta é uma saudação hinduísta que significa "o Deus que habita em mim saúda o Deus que habita em você" — explicou o indiano, apontando com o indicador de seu coração para o coração de Pedro.

— Que bela forma de cumprimentar! — comentou Pedro que, agora consciente, repetiu a saudação. — Namastê! Obrigado por mais este aprendizado!

Pedro se voltou para Eunice, que já estava envolvida com outros afazeres, e lhe perguntou:

— O que mais posso fazer para ajudar?

— Agora, tem trabalho braçal. Peço sua ajuda para varrer o salão da enfermaria, mas continue a observar atentamente o desenrolar dos trabalhos — respondeu Eunice.

Pedro prontamente assumiu a função. Enquanto varria, lembrava-se de como e do quanto trabalhava quando encarnado. Estava feliz com tantas oportunidades que recebera, aprendendo tantas coisas novas naquele dia. Agradecia profundamente a Deus.

ZÉ DO LAÇO

11
OS PREPARATIVOS PARA O DIA DA GIRA

Era domingo, véspera da gira, depois do almoço. Seu Hamilton, dona Iraci e os filhos lavavam e cuidavam do terreiro. No plano espiritual, Pai Joaquim conduzia diálogos com os outros guias que atuariam na sessão da segunda-feira sobre os atendimentos e os trabalhos a serem desenvolvidos. Os guias já se preparavam para os atendimentos que seriam realizados com os respectivos médiuns. Além disso, os mentores dos consulentes iam até a casa de caridade colocar os guias a par da situação de seus tutelados, pedindo amparo e intercessão.

Pedro acompanhava a reunião com muita atenção. No dia seguinte, haveria uma gira de caboclo e o trabalho no plano físico seria comandado pelo Caboclo Flecheiro, entidade que se manifestava através da mediunidade de seu Hamilton.

O Caboclo Flecheiro era um indígena alto, que usava um cocar curto e trazia algumas pinturas tribais no torso desnudo. Ele irradiava força e altivez, além de apresentar uma postura muito séria.

Naquela gira, especificamente, haveria muitos casos de desmanche de magia negativa.

Seu Flecheiro pediu aos demais caboclos que conversassem com seus médiuns e os preparassem para os trabalhos, redobrando a recomendação dos resguardos espirituais, em razão da complexidade do que estavam por encarar no plano espiritual.

Quando a reunião acabou, o Caboclo Ubirajara foi cumprimentar Pedro:

— Saravá!

— Salve, meu irmão Ubirajara Peito de Aço.

— O que achou da reunião de preparativos para a sessão de amanhã?

— Não imaginava que existia todo esse planejamento para o transcorrer de uma sessão. Agora, fiquei pensando o seguinte: e se algum médium faltar? Porque hoje já foi definido quem atenderia cada consulente...

— Caso algum médium falte, reorganizamos tudo rapidamente, pois a caridade precisa acontecer e não pode ficar atrelada a determinado medianeiro. Por isso, é deveras importante que o médium seja comprometido com os trabalhos espirituais, pois eles são veículos para que possamos nos manifestar e auxiliar os necessitados — respondeu Ubirajara.

— Outra coisa que gostaria de perguntar ao senhor, aproveitando a oportunidade: todos aqui têm muito respeito por Pai Joaquim. Como foi definido que ele seria o chefe da casa?

— Tudo é definido pela Espiritualidade Maior. Hamilton, antes de reencarnar, sabia que viria para esta vida como médium e que, em seu caminho espiritual, teria de fundar uma casa de caridade espiritual, e que esta ficaria sob a responsabilidade e a direção espiritual do preto-velho Pai Joaquim de Angola. Assim, a semente desta casa foi plantada na cidade espiritual de Aruanda por este pai-velho até que Hamilton recebesse o chamado de iniciar os trabalhos no plano físico. Mas não se engane com a aparência de Pai Joaquim, ele é um ancião muito experiente na manipulação de magia, com vasto conhecimento e alta envergadura moral. Foi um espírito que viveu as dores do corpo físico ao ser arrancado de sua África, separado de seus entes, escravizado e trazido para o Brasil — falou Ubirajara.

— Já ouvi alguns de vocês falarem a respeito dessa colônia denominada Aruanda... um dia, gostaria de visitá-la.

— No momento certo, conhecerá nossa morada. Não conseguiria defini-la em palavras, tamanha a beleza dessa cidade de luz; é um recinto de paz, amor e comunhão com a natureza — comentou Ubirajara. — Peço que acompanhe Pai Joaquim, pois ele dará algumas instruções ao irmão Hamilton quando o corpo físico dele adormecer.

— Farei isso! — consentiu Pedro, indo ao encontro do preto-velho. — Pai Joaquim, me permite acompanhá-lo durante a conversa com o médium Hamilton?

— Por que não, Pedro?! Tem minha autorização — respondeu o preto-velho.

Já era madrugada quando Pedro seguiu em companhia de Pai Joaquim até o quarto de Hamilton. O preto-velho chamou pelo tutelado, que saiu do corpo atendendo ao chamado do mentor.

— Ô, nego-velho — falou Hamilton carinhosamente, abraçando Pai Joaquim —, que bom vê-lo novamente e ter a certeza de que não estamos desamparados.

— Jamais, meu filho! — respondeu Pai Joaquim. — Basta seguir o caminho reto, que sempre estaremos ao seu lado e, mesmo quando tropeçar nas pedras porventura criadas por você mesmo na estrada na vida, estaremos à distância lhe acompanhando, sem nunca o abandonar.

— Vejo que trouxe companhia — falou Hamilton, apontando para Pedro.

— Sim, este é Pedro, um novo amigo que recebeu a oportunidade de trabalhar conosco — explicou Pai Joaquim.

— É um prazer, meu irmão. Se é da confiança de Pai Joaquim, é da nossa também — disse Hamilton, com sinceridade.

Pedro retribuiu o cumprimento com um aceno de cabeça.

— Hamilton — falou Pai Joaquim —, precisamos que deixe algumas ervas separadas para a nossa gira. Temos a previsão de que os trabalhos de amanhã precisarão de recursos extras devido à densidade energética. Já convocamos outros espíritos para virem nos auxiliar, pois teremos várias magias a desmanchar. O agrupamento mediúnico deverá estar vigilante, a fim de não criar brechas. Todos vocês estão sob proteção redobrada esta noite.

— Entendo e seguirei suas diretrizes à risca, meu nego-velho.

Pai Joaquim e Pedro se despediram de Hamilton, que, regressando ao corpo físico, abriu os olhos e pensou: "Sonhei com Pai Joaquim". Em seguida, fez uma prece de coração: "Deus, dai-nos fé e forças para seguirmos adiante com nossa missão. Que possamos ajudar os necessitados e que exaltemos o nome de Jesus de Nazaré diante de cada boa ação praticada. Amém!"

Pai Joaquim, que estava ao lado do tutelado, espalmou as mãos sobre a cabeça de Hamilton, abençoando-o.

— Que bonita a ligação que você e Hamilton possuem. É imensa a sintonia — disse Pedro, ao saírem do quarto.

— Sim, ela vem sendo constituída há muitas eras. Hamilton é um grande irmão de jornada. Nesta encarnação, eu me comprometi estar ao lado dele como mentor, ajudando-o a se manter no caminho planejado para sua evolução.

— Pai Joaquim, todos os guias têm ligação cármica com seus médiuns? — perguntou Pedro.

— Não. Apesar de todos já termos reencarnado muitas vezes, boa parte dos guias espirituais que acompanham os médiuns os seguem por afinidade e pela oportunidade de trabalho — respondeu Pai Joaquim.

— Como se dá esse processo de afinidade? Pode explicar melhor?

— Como guia-chefe e mentor espiritual do médium, sou responsável por tecer a trama espiritual junto com Hamilton, convidando espíritos de outras falanges, que estejam alinhados e afinados com a proposta de trabalho, para comporem a coroa mediúnica dele.

— Interessante. O senhor destacou que é o guia-chefe e mentor espiritual do médium. Pode falar mais sobre isso?

— Sim! Cabe ressaltar que nem sempre o guia-chefe da coroa mediúnica e o mentor espiritual são o mesmo. O mentor espiritual é como um "avalista" da encarnação do indivíduo; em geral, ele o acompanha desde o planejamento reencarnatório até o retorno à pátria espiritual. Independentemente da religião que o médium venha a professar, o mentor espiritual sempre estará ao seu lado na jornada evolutiva. O guia-chefe da coroa mediúnica, por sua vez, é quem dará as diretrizes do trabalho espiritual, comandando os outros guias que acompanham o médium. Também é importante frisar que alguns indivíduos, antes de reencarnar, firmam compromisso de trabalharem com determinadas entidades através de sua mediunidade, como um processo evolutivo de ambos — concluiu Pai Joaquim.

— O que seria a coroa mediúnica do médium, Pai Joaquim?

— A coroa mediúnica nada mais é do que a egrégora pessoal de cada médium, a coletividade de espíritos que amparam o encarnado durante o mediunato.

— Pai Joaquim, agradeço por descortinar esse sem-fim de conhecimentos.

Pedro buscava se inteirar de todas as atividades dentro do terreiro. Acompanhava Hamilton durante as firmezas, os benzimentos e as demais atividades que realizava, pois também as via como uma fonte de aprendizado.

Na manhã seguinte, ao despertar, Hamilton se lembrava de ter sonhado com Pai Joaquim. Em jejum, fez outra oração, rogando amparo no dia que se iniciava. Depois, antes de sair para trabalhar, foi até a casa de exu e fez suas firmezas, pedindo aos guardiões da tronqueira que ficassem de prontidão, guardando a banda para os trabalhos caritativos que aconteceriam à noite.

Pedro o acompanhou até a tronqueira, apreciava a fé e o fervor que o médium devotava enquanto realizava os trabalhos espirituais.

Então, nitidamente, Dona Figueira apareceu para Hamilton e pediu que ele fizesse um preparado com a terra de uma figueira, pó de carvão e sal grosso; que o deixasse próximo à porta de entrada do terreiro; e que, ao final da sessão, despachasse a poeira na encruzilhada.

Após terminar as firmezas, Hamilton entrou em casa para se trocar e tomar café com a esposa.

— Salve, Dona Figueira — saudou Pedro —, fico impressionado com a nitidez com que Hamilton consegue ver a senhora. Também me chamou a atenção o fato de que, nesta noite, ao sair do corpo físico atendendo o chamado de Pai Joaquim, ele conseguiu nos ver com clareza e se recordar do ocorrido.

— Hamilton também é médium clarividente. Os médiuns, em geral, carregam mais de um tipo de mediunidade, mas, na maioria das vezes, uma delas se manifesta com mais ostensividade, destacando-se. No entanto, é importante ressaltar que o médium clarividente não enxerga o mundo e os seres do plano espiritual por meio dos olhos físicos, mas pelos olhos da alma, o chacra frontal[14] — explicou a pombagira.

---

14 Também conhecido como "terceiro olho" ou "chacra do conhecimento", está intimamente ligado à intuição. Está localizado no meio da testa, acima do nível dos olhos. [NE]

— Entendi. Dona Figueira, por que a senhora pediu para o senhor Hamilton firmar aqueles elementos na porteira? — perguntou Pedro.

— Todos os elementos solicitados são ligados às ritualísticas da falange dos exus. A terra da figueira estabelecerá uma ponte de energia entre o terreiro e o meu ponto de força, secando as negatividades e drenando as energias densas; o carvão atuará como um agente absorvedor; e o sal grosso agirá descarregando e esgotando as negatividades.

— Como a senhora aprendeu tudo isso?

— Algumas informações são lembranças de outras vidas nas quais fiz mau uso da magia; outras aprendi, e aprendo, no plano espiritual com espíritos mais antigos.

— Dona Figueira, a senhora pode falar mais a respeito do mau uso da magia?

— Tive muitos tropeços ao longo de minha história. Em diferentes encarnações, nasci como médium, nome até então desconhecido por mim. Para a religião dominante, eu era uma pagã, pois adorava divindades diferentes das aceitas pela população. Isso me fez viver mais afastada dos vilarejos, conhecia as ervas e muitos me procuravam para resolver seus problemas de saúde; mulheres também recorriam a mim para a confecção de soluções abortivas e filtros para o amor; alguns me procuravam para a composição de venenos e outras poções. Atendia aos meus fregueses para as diferentes finalidades, fazia previsões, trabalhos e muitas outras coisas... até que fui denunciada à Santa Inquisição. Fui presa e torturada; mesmo dissimulando arrependimento e disposição para ser batizada e aceitar o Deus deles, fui queimada. Renasci outras vezes em diferentes corpos, ora como mulher ora como homem, e sempre fui médium, mas sempre fiz mau uso da magia, e esta sempre me encantou. Fiquei anos desencarnada, buscando vingar-me de meus algozes, em especial de meu inquisidor. Enfrentei muitas tormentas; no umbral, fiz meu reinado até que um dia um preto-velho feiticeiro, chamado Pai Cipriano, conversou comigo por muito tempo. Ele falava minha língua: também conhecia os mistérios ocultistas e não me criticava, apenas fazia perguntas que me faziam refletir. Ele é muito sábio, foi paciente comigo e, como dizem, foi comendo pelas beiradas. Cipriano sabia o que se passava em meu íntimo, apesar de eu demonstrar frieza e indiferença. Um dia, ele me propôs que eu trabalhasse de uma forma diferente: combatendo o mau uso da magia por meio da mediunidade de outros médiuns, atuando na espiritualidade como uma protetora. O sábio preto-velho-mago, então, começou a me falar sobre uma religião que nasceria em terras brasileiras; passei a acompanhá-lo e muito aprendi com ele. Em determinada ocasião, indagou-me se eu aceitaria a empreitada de trabalhar a serviço do bem à esquerda de Deus. Confesso que aquilo chamou minha atenção, ponderei e aceitei. Assim, renunciei à minha identidade. Cipriano me guiou até um cruzeiro de pedra, dentro de um cemitério no plano espiritual, e lá fui consagrada como a Pombagira Maria Figueira da Calunga. Depois da consagração, segui com o preto-velho até que ele me apresentou a três médiuns que reencarnariam e que haviam firmado compromisso de serem médiuns militantes nas fileiras umbandistas. Um deles é o senhor Hamilton; as outras duas ainda são crianças, e só começarei a trabalhar com elas daqui a alguns anos.

— Que interessante, Dona Figueira! Ainda não tive a oportunidade de vê-la manifestada através da mediunidade de seu Hamilton.

— E, possivelmente, nunca verá, ou verá muito pouco, pois estamos no início do século xx. Ainda existe muito preconceito sobre os médiuns homens trabalharem com espíritos femininos. Minha função aqui é tomar conta do terreiro, protegendo-o e defendendo-o dos ataques, bem como ajudar a desmanchar magias negativas — explicou Dona Figueira.

— Agora, fiquei encucado... a senhora falou do preto-velho Pai Cipriano... ainda não o vi por aqui. Como se deu o encontro entre a senhora e o médium Hamilton?

— Anacleto, que se manifesta como Pai Joaquim, mentor e chefe da coroa mediúnica de Hamilton, estava formando o agrupamento de espíritos que fariam parte da trama espiritual do médium. Então, Pai Cipriano me recomendou para essa oportunidade e para os demais compromissos espirituais que assumi.

— Que história interessante — disse Pedro em tom reflexivo, despedindo-se da pombagira e indo para o interior da casa onde Hamilton estava.

Dona Iraci e Hamilton terminavam de tomar o café da manhã e conversavam. Pedro adentrou a cozinha e ficou observando-os.

— Iraci — disse Hamilton, antes de sair para trabalhar —, por favor, peço que deixe algumas ervas separadas para os trabalhos de mais tarde.

— Pode deixar que as providenciarei — consentiu Iraci.

Depois de os filhos saírem para o colégio, dona Iraci foi até o quintal colher as folhagens. Cuidava com carinho das plantas e as selecionava com zelo. Separou folhas de aroeira, peregun, gervão-roxo, arruda, guiné, espada-de-são-jorge e espada-de-santa-bárbara. Depois, colocou-as em um vaso, arrumando-as sobre o altar ao lado da imagem de São Sebastião. Enquanto ajeitava o arranjo, Iraci começou a cantar um bonito ponto em louvação à Cabocla Jurema.

Pedro, que a acompanhava de perto, viu Ubirajara se aproximar do altar e dar uma sequência de estalos sobre o vaso de ervas. As folhas chacoalharam no astral, irradiando uma coloração predominantemente verde e exalando um agradável aroma. Ao terminar, dona Iraci bateu a cabeça no altar diante da imagem de São Sebastião, saudando o orixá Oxóssi. Depois, saiu do centro para dar prosseguimento aos afazeres domésticos.

— Meu amigo Ubirajara — perguntou Pedro —, pode falar sobre a finalidade dessas folhas dentro do ritual?

— As folhas são repletas de energia vital e concentram uma série de agentes do reino vegetal capazes de curar, limpar e harmonizar o campo áurico.

— Após o senhor ministrar uma sequência de estalos em torno das folhas, por que elas irradiaram uma cor esverdeada e tiveram o aroma potencializado?

— As ervas são parte da criação de Deus. São seres vivos da natureza e estão sob a proteção de espíritos elementais que possuem outro grau de evolução. Como possuem uma série de funções propícias, ao serem dispostas sobre o altar do terreiro, foi possível despertar as energias contidas nas folhas para que sejam usadas espiritualmente na sessão de hoje à noite. Por isso, na hora da gira, quando os caboclos incorporados em seus médiuns começarem a cruzar os presentes com as folhas, preste atenção e veja os efeitos produzidos sobre o campo energético dos encarnados — convidou Ubirajara.

— Observarei — assentiu Pedro.

No final da manhã, o movimento no plano espiritual do terreiro começou a se intensificar; diferentes espíritos foram chegando para o trabalho que seria realizado à noite. Pedro se prontificou a ajudar os presentes e, em determinado momento, ao se dirigir para a área externa do terreiro onde ficava a tronqueira, viu uma série homens, que se assemelhavam com soldados, formando um pelotão que recebia instruções do Exu Sete Encruzilhadas e da

Pombagira Maria Figueira. Junto aos exus, um homem de pele morena, espada na cinta e armadura destacava-se, pois, com sua imensa luz, parecia resplandecer.

Terminadas as instruções, o agrupamento foi em direção à rua do terreiro, reforçando a segurança das encruzilhadas do entorno do terreiro e diante do centro.

Ao longe, Sete Encruzilhadas avistou Pedro e sinalizou para que ele se aproximasse:

— Pedro, quero apresentar-lhe o enviado Ogum de Ronda; a entidade à qual nós, exus e pombagiras, somos subordinados nesta casa, pois representa o grande general de Umbanda.

— Salve, Pedro! — saudou Ogum de Ronda com vigor.

— Salve, senhor Ogum de Ronda! — Pedro falou com respeito.

Ogum de Ronda pediu licença, despedindo-se e se retirou para outras paragens espirituais.

— Vamos dar prosseguimento ao nosso trabalho — disse Maria Figueira para Sete Encruzilhadas e Pedro.

Pedro pensou consigo mesmo: "No plano físico, tudo está na mais perfeita calmaria, mas os encarnados não conseguem imaginar tamanha movimentação no plano espiritual".

Assim, seguiram-se os preparativos até a hora do início da sessão.

ZÉ DO LAÇO

12
SESSÃO DE CARIDADE

— Pedro — orientou Pai Joaquim —, recomendo que acompanhe o trabalho na porteira junto ao companheiro Sete Encruzilhadas até antes do início da sessão. Lá, haverá muitas oportunidades de aprendizado para seu aprimoramento.

Pedro assentiu para o preto-velho, seguindo para a porteira à procura do exu.

Sete Encruzilhadas estava do lado de fora do portão do plano físico.

— Salve, Seu Sete! — saudou Pedro. — Permite-me acompanhá-lo?

— Sim — respondeu o exu, que observava silencioso a movimentação da rua junto às demais sentinelas.

Caminhando em direção ao terreiro, Pedro avistou duas senhoras em companhia de quatro espíritos de aparência duvidosa. Ao olhar para Sete Encruzilhadas, o exu falou diretamente em seu mental:

— Pedro, apenas observe e mantenha-se sereno. Estamos envoltos em uma vibração diferente da deles. Por isso, eles não conseguirão nos ver.

Os espíritos eram quatro arruaceiros; e era possível ouvir a conversa deles:

— Aqui é a tal casa de macumba em que ela veio se meter para se livrar da gente. Vamos dar uma lição nesse povo e acabar com tudo o que encontrarmos pela frente.

Pedro sobressaltou-se ao ouvir a fala do homem que parecia comandar o quarteto. Sete Encruzilhadas pôs a mão no ombro de Pedro e disse mentalmente:

— Confie e observe!

No plano físico, as mulheres falavam entre si:

— Este é o endereço. Aqui deve ser o centro do senhor Hamilton.

Bateram o sino que ficava no portão, e logo uma das médiuns da casa veio abrir o portão para elas entrarem.

— Boa tarde! — uma das mulheres saudou — Aqui é o centro de Umbanda do senhor Hamilton?

— Sim, a sessão começará às dezenove horas, podem entrar — respondeu a médium.

Dos quatro espíritos que as acompanhavam, o que parecia ser o líder do grupo não conseguiu atravessar o portão, havia sido espiritualmente barrado por uma força invisível. Furioso, ele desferiu uma série de xingamentos, além de tentar alertar os demais que se tratava de uma armadilha.

Os três espíritos que cruzaram o portão não conseguiam mais ver ou ouvir o chefe, que ficara do lado de fora, e não entendiam o que acontecia. Logo que passaram pela tronqueira, os três sujeitos tombaram no chão paralisados e foram aprisionados pelas sentinelas.

O espírito que ficou do lado de fora do terreiro resolveu se afastar do portão receoso de que algo acontecesse consigo.

— Ele não será capturado? — Pedro perguntou mentalmente ao Exu Sete Encruzilhadas.

— Ainda não.

— Seu Sete, pode me explicar por que os outros conseguiram acessar o terreiro e ele não? — pediu Pedro.

— Os outros eram apenas capachos, e não nos ofereciam risco direto. Por isso, eles foram contidos e terão a situação avaliada pelos guias da casa. O outro irmão, porém, se encontra em um grau elevado de revolta e de outros sentimentos daninhos, podendo causar transtornos para o bom andamento da sessão de caridade — explicou Sete Encruzilhadas.

— Como é realizado o filtro dos que podem ou não ingressar no terreiro?

— Nada é aleatório. Além de conseguirmos perceber o que se passa no íntimo dos irmãos, contamos com a ajuda de alguns instrumentos — respondeu Sete Encruzilhadas, apontando para uma aparelhagem junto às guaritas localizadas na parte superior do muro.

— O que são esses equipamentos? — indagou Pedro.

— Podemos compará-los, nestes tempos em que vivemos, a antenas similares às de rádio; elas emitem ondas de alerta sobre a aproximação de indivíduos mal-intencionados. Quando este tipo de frequência é captado, o sistema de defesa do terreiro repele a entrada desses elementos — esclareceu o exu.

— A casa já foi atacada?

— Sim, inúmeras vezes.

— Como se portam nessas ocasiões?

— Quando inevitável, contra-atacamos: contemos, prendemos e, se necessário, chamamos reforços espirituais para nos apoiar.

— É difícil de imaginar que haja ataques e o quanto este trabalho levanta a ira de outros espíritos — comentou Pedro.

—Simples, meu caro! Uma casa espiritual, no plano físico, é um ponto de luz que socorre almas necessitadas em ambos os planos.

Com isso, atrapalhamos e interferimos diretamente nos projetos do baixo astral. Portanto, faz-se necessário todo este aparato de segurança. Contudo, as maiores defesas de um terreiro são o pensamento firme dos médiuns, para que não ocorra a quebra da corrente, a prática indistinta do bem, a oração constante e a transformação da consciência — elucidou Sete Encruzilhadas.

Pedro permaneceu na porteira junto com Sete Encruzilhadas e pôde assistir a outros casos similares ao visto anteriormente. Também houve casos de espíritos que ingressavam no terreiro acreditando passar desapercebidos, mas, na verdade, tinham permissão da espiritualidade, pois seriam ajudados de alguma forma em seu despertar espiritual.

— Pedro — falou Sete Encruzilhadas —, recomendo que, agora, entre no terreiro, pois os trabalhos estão prestes a começar no plano físico.

Ao adentrar o salão, Pedro notou que a arquibancada espiritual estava lotada; e, no plano físico, havia cerca de quarenta consulentes. O corpo de médiuns estava em silêncio, concentrando-se para os trabalhos. Pai Joaquim estava no meio do salão, ao lado de Hamilton; Seu Ubirajara e o Caboclo Flecheiro estavam nas extremidades do altar, a postos para o início dos trabalhos no plano terreno; e vários outros espíritos se fizeram presentes para auxiliar nos atendimentos da noite.

Pontualmente, às dezenove horas, o senhor Hamilton se dirigiu à assistência, saudou os presentes e explicou que o merecimento de cada um seria essencial para que a graça pedida fosse atendida. Também falou sobre a importância da fé e da oração. Após a breve preleção, senhor Hamilton fez a oração de abertura, dando prosseguimento ao início dos trabalhos.

Pedro, que observava tudo com bastante atenção, logo percebeu os efeitos da defumação. Com um copo com água nas mãos e assessorado pelo espírito de um indígena, Hamilton defumava os presentes, passando o defumador de dentro para fora do terreiro, enquanto os médiuns entoavam uma cantiga sobre defumação. À medida que a fumaça impregnava o ambiente, o caboclo assoviava longamente e, sob seu comando, espíritos da natureza ligados aos quatro elementos surgiam bailando no ar, purificando a psicosfera da assistência do terreiro. Seu Hamilton seguiu a ritualística, defumando também a casa de exu até chegar à porteira.

Quando Hamilton chegou à porteira do terreiro, virou-se de costas para a rua e despachou a água do copo. No plano espiritual, o indígena que o acompanhava virou-se para o portão e tirou de uma saca, que trazia presa à cinta, um pó com forte cheiro de ervas, soprando-o no ar. Ao mesmo tempo, os espíritos da natureza seguiram o pó e desapareceram sob o longo sibilar emitido pelo caboclo.

Retornando para dentro do centro, depois de alguns ritos, cada médium, individualmente, começou a bater a cabeça, deitando-se no chão sobre uma toalha branca com as mãos espalmadas para cima. Era uma cena bonita de se ver, um ato que refletia humildade e devoção aos trabalhos, que simbolizava a entrega do corpo e da alma ao Cristo que figurava no lugar mais alto do gongá. Enquanto o rito seguia no plano físico, espíritos da egrégora da casa ministravam passes nos médiuns, a fim de melhor os sintonizarem para a realização da sessão de caridade.

À medida que os médiuns batiam a cabeça, um rodamoinho de luz opaca era tragado do chacra coronário[15] deles até o gongá. Em seguida, o gongá devolvia um rodamoinho energético multicolorido em direção ao corpo astral dos médiuns que descia pelo

---

15 É um dos sete principais centros energéticos de nosso corpo físico. É responsável por nossa conexão com a espiritualidade, e está localizado no topo da cabeça. [NE]

chacra coronário e passava pelos demais centros de força, até as plantas dos pés, reavivando-os.

Pedro observava tudo de perto e, muito impressionado, fitou Ubirajara, que estava próximo do gongá, à espera de uma explicação.

— Pedro, os vários ritos umbandistas têm a função de preparar os médiuns para uma melhor manifestação das entidades, pois, na maioria das vezes, os médiuns são invigilantes e inconsequentes no dia a dia — explanou Ubirajara. — Por isso, em outra ocasião, expliquei-lhe que, antes do reencarne do médium Hamilton, Pai Joaquim plantou a semente deste gongá na cidade espiritual de Aruanda. Assim, quando o terreiro foi aberto no plano físico, o guia-chefe responsável pela casa e pelo médium dirigente fez a conexão com a raiz já existente no plano espiritual. Jesus disse que tudo o que seus apóstolos ligassem ou desligassem na terra seria ligado ou desligado no céu,[16] o mesmo se dá com os templos de Umbanda. Primeiro, a casa deve surgir na espiritualidade; não basta que o médium queira ser dirigente espiritual e abra uma casa. O Cristo deixou seu postulado a todos os espíritos, independentemente de estarem encarnados ou desencarnados.

— Que linda explicação, com tamanha profundidade! — elogiou Pedro.

— É como se canta nos terreiros: "Umbanda tem fundamento, é preciso preparar" — concluiu Ubirajara.

No plano físico, seu Hamilton começou a saudar os caboclos, entoando cantigas para a Linha de Oxóssi. No plano espiritual, o Caboclo Flecheiro já estava a postos, atrás do médium, e, em uma fração de segundos, Hamilton entrou em transe, ampliando o campo áurico. Na espiritualidade, era bonito vislumbrar o sincronismo

---

[16] "Em verdade vos digo que tudo o que ligardes na terra será ligado no céu, e tudo o que desligardes na terra será desligado no céu." (Mateus 18,18) [NE]

energético entre o médium e o guia e ver como o fenômeno mediúnico atuava diretamente no córtex cerebral do médium, em várias de suas células e terminações nervosas, além de agir nos diferentes corpos espirituais do medianeiro.

Pedro, atento a tudo, experimentava sentimentos que se alternavam entre curiosidade, espanto e perplexidade a partir do fenômeno observado.

Na Terra, o brado do Caboclo Flecheiro rasgou o ar, formando um lindo diapasão de luz que reverberava em todos os presentes. Caboclo e médium, agora, eram um só ser que, ajoelhado, atirava flechas de luz na direção do gongá. Em seguida, o caboclo levantou-se rodopiando, dando o brado de guerra e lançando suas flechas em todas as direções.

Dona Iraci e Jussara se aproximaram do Caboclo Flecheiro, trazendo pemba, charuto, vela, copo com água e coité de vinho. O caboclo recebeu os apetrechos, saudando-as e agradecendo-as e, em seguida, riscou seu ponto diante do gongá, dispondo os itens que recebera. Depois, o caboclo cumprimentou os filhos da corrente e os presentes, dando por aberta a sessão de caridade.

Flecheiro mandou os médiuns se concentrarem e puxou uma cantiga; logo, Ubirajara e os demais caboclos também baixaram.

"Como é bonito ver os trabalhos na gira de Umbanda", pensava Pedro consigo mesmo. A batida acelerada do coração do rapaz ratificava sua escolha em assumir aquela tarefa espiritual.

Na Terra, os caboclos atendiam a várias pessoas, indistintamente. Havia muitos casos de obsessão e de auto-obsessão.

Pedro pôde acompanhar o atendimento prestado a uma das senhoras que viu chegar em companhia dos quatro espíritos quando estava na porteira ao lado de Sete Encruzilhadas. A mulher estava ansiosa e, ao se aproximar da entidade, logo tomou a palavra, dizendo que era a primeira vez que estava em um centro e que viera com o intento de tirar os encostos e as maldições que haviam colocado nela.

— Salve, filha! — saudou a Cabocla Jurema, responsável pelo atendimento. — Serene seu coração, feche os olhos e pense em uma mata bem bonita, enquanto esta cabocla vai rezar você.

A cabocla fumegou a mulher, baforando o charuto, estalando os dedos e passando as mãos da médium, rapidamente, próximas ao corpo da assistida. Então, a cabocla falou no ouvido da mulher:

— Pense em sua casa, filha. A filha acha que fizeram magia contra você?

— Tenho certeza, cabocla! — respondeu a mulher, prontamente.

A cabocla balançou a cabeça afirmativamente, enquanto fumegava o charuto. Em seguida, a cabocla perguntou:

— Sabe quem foi?

— Desconfio de uma vizinha — respondeu a mulher.

A cabocla Jurema balançou a cabeça negativamente e a mulher ficou surpresa com a resposta da entidade.

— Ué, se não foi ela, quem está tramando contra mim?

— Você mesma, filha! — Jurema respondeu de forma certeira.

— Como assim? — indagou a mulher, em tom exasperado.

A cabocla, enérgica e educadamente, repreendeu a mulher, trazendo vários exemplos do comportamento equivocado que a consulente adotava no cotidiano.

— Lamento dizer — continuou a Cabocla Jurema —, mas é a filha que está abrindo a porta de sua vida para todos os tipos de maldições, usando indevidamente a boca para trazer discórdia por meio de fofocas e maledicências, provocando confusões, tornando-se uma pessoa malquista, cultivando inimizades e malquerenças. É isso o que quer da vida? À medida que usa a língua para envenenar a vida alheia, acaba sorvendo o próprio veneno e destruindo a própria vida. Além disso, atrai espíritos afins ao seu comportamento; eles se prostram ao seu lado e a incitam a promover mais e mais confusão.

A mulher abaixou os olhos, envergonhada com a repreenda que recebeu da cabocla, confusa com tudo o que foi dito.

— Filha — continuou Jurema, levantando o queixo da mulher com delicadeza e fazendo-a olhar em sua direção —, estou aqui para orientá-la; não estou aqui para julgá-la nem para passar a mão em sua cabeça. Em nome de seus mentores, trago uma proposta de mudança de comportamento: aproveite a vida para fazer o bem, use o verbo para promover a concórdia. Ainda é tempo de agir diferente; a mudança de comportamento é difícil, mas esteja certa, em seu coração: jamais estará sozinha.

Chorosa, a mulher respondeu à cabocla:

— Ó, cabocla, pode me ajudar e tirar de minha vida os demônios que me acompanham?

— Posso, filha — respondeu a cabocla —, mas você é responsável por suas companhias espirituais. Vamos afastá-los, porém, se persistir com o comportamento equivocado, atrairá esses e outros espíritos que se afinam com suas atitudes.

Os três espíritos que acompanhavam a mulher, concomitantemente, eram atendidos pela espiritualidade da casa.

Por fim, a Cabocla Jurema fez um descarrego na consulente, rompendo alguns laços entre ela e os espíritos que a acompanhavam, e prescreveu alguns banhos, orações e uma defumação.

Ao término do atendimento, a cabocla se despediu da mulher, que voltou para a assistência a fim de aguardar a amiga ser atendida. Depois, a Cabocla Jurema saudou Pedro, que estava próximo, atento às orientações e prescrições ministradas.

Em seguida, Pedro dirigiu-se ao local do terreiro onde, mediunizada com o Caboclo Ubirajara, dona Iraci prestava atendimento a um jovem. Ao se aproximar, Pedro ouviu o caboclo dizendo ao rapaz, com a consulta já em andamento:

— O filho precisa ter mais juízo, sem realizar falsas promessas e juras de amor para as mulheres de quem se enamora... deve agir com hombridade, pois suas ações inconsequentes podem gerar graves sequelas. Desta vez, o filho caiu doente devido a um trabalho de amarração amorosa; da próxima, pode ser algo mais sério.

Enquanto Seu Ubirajara falava, o homem pensava consigo mesmo: "Eu fui uma vítima! Por que essa senhora está brigando comigo?".

Prontamente, Ubirajara percebeu o pensamento do consulente e, em perfeita conexão com a médium, respondeu:

— Filho, você não é vítima; está sofrendo a reação de ter brincado com os sentimentos de outrem. A filha que fez o trabalho em sua intenção também agiu de forma equivocada, tentou interferir em seu livre-arbítrio e não teve amor-próprio. E mais: quem está aqui atendendo a você é o Caboclo Ubirajara Peito de Aço; eu me sirvo de um aparelho feminino para prestar a caridade, ajudando e orientando os filhos da Terra em nome do nazareno Jesus — disse Ubirajara.

O homem ficou estupefato, de olhos arregalados com a fala do caboclo.

— Agora, se quer ser ajudado — continuou o caboclo — peço que tenha fé e mantenha-se em oração, pois trabalharemos por você. Além disso, busque evoluir sua consciência, visando à mudança de seu comportamento.

O caboclo pediu alguns itens ao cambono e começou a desmanchar o trabalho ali mesmo. No plano astral, ele contava com a ajuda da Pombagira Maria Figueira e de outras duas senhoras da mesma falange que a acompanhavam.

Com extrema perícia, o caboclo envolveu todo o corpo do consulente com um retrós de linha branca; depois, fez um círculo com sete velas em torno do homem enquanto rezava e fumegava o charuto em partes do corpo. Em seguida, arrebentou toda a linha e a depositou em um vasilhame de barro, sobre a qual despejou marafo e ateou fogo.

Pedro notou que, no plano astral, à medida que Ubirajara rompia a linha, caíam de alguns dos centros de força do consulente espécies de parasitas espirituais. Ao mesmo tempo, as duas pombagiras que acompanhavam Dona Figueira desapareceram como em um passe de mágica, logo retornando com o espírito amarrado de mulher que esbravejava.

— Cale-se! — ordenou Dona Figueira. — Respeite este solo sagrado. Você recebeu sua paga pelo trabalho; agora, este homem está sob nossa proteção. Trouxemos você aqui, a fim de adverti-la e intimá-la que se afaste do caminho dele.

A mulher assentiu raivosamente, mas buscava dissimular sabedoria e evitar o embate com os espíritos. Agiu assim por estar em uma posição desfavorável e por não saber as consequências que recairiam sobre ela.

Os trabalhos se aproximavam do fim. O Caboclo Flecheiro recebia os casos mais complexos de atendimento. Ele pedia a alguns consulentes que aguardassem até o final, pois atuaria em conjunto com os outros membros da corrente.

Pedro observava que, apesar do número reduzido de pessoas no plano físico, a movimentação no plano espiritual era intensa, com vários espíritos sendo socorridos.

Quando os demais atendimentos haviam terminado, Seu Flecheiro chamou os outros caboclos para o centro do terreiro, orientando-os que se mantivessem em formação circular. Em seguida, mandou adentrar o salão uma mulher que se amparava em muletas. Ela tinha uma grande ferida na canela direta que lhe causava intensas dores e que lhe dificultava o caminhar, exalando um forte mau cheiro.

O Caboclo Flecheiro deu algumas orientações à mulher e disse que ela havia sido vítima de uma obsessão espiritual, mas que a espiritualidade intercederia por ela. Pediu que ela seguisse as recomendações, pois estaria recuperada em breve.

Pedro observava o desenrolar de toda a situação. No plano espiritual, era nítido que, sobre a perna daquela senhora, havia espécies de sanguessugas astrais que drenavam a força vital da mulher e que, se algo não fosse feito, ela, possivelmente, perderia a perna.

— Filha — orientou Seu Flecheiro —, feche os olhos. Pense firmemente na imagem de Jesus e mantenha-se em oração que vamos correr gira.

Enquanto isso, os demais caboclos irradiavam energia em direção à mulher no centro da roda. O Caboclo Flecheiro, que comandava os trabalhos, começou a andar em torno do círculo rapidamente.

Naquele instante, Pedro viu Sete Encruzilhadas acompanhado por caboclos e entidades de outras falanges sumirem no ar. "Eles foram correr gira", disse Pedro para si mesmo, e se pôs em oração com as mãos espalmadas.

Flecheiro posicionou um dos médiuns da corrente atrás da cadeira em que a consulente estava sentada, orientando que ele servisse de transporte para a entidade que seria trazida. O médium começou a se contorcer, espumando de raiva.

As entidades, que haviam ido correr gira, voltaram em companhia de um boiadeiro que, com um laço de luz, amarrou o espírito carregado de ódio. Quanto mais ele se debatia no astral, mais a corda o apertava.

Flecheiro abaixou-se em direção ao médium por meio do qual a entidade se comunicava.

— Não se metam em minha vingança! Quem com ferro fere com ferro será ferido! Quando encarnada em outra vida, esta santinha que vocês tentam ajudar foi o feitor que muito me maltratou e me mutilou sadicamente. Meu sofrimento lhe proporcionava enorme prazer e satisfação. Agora, é a minha vez! Eu tenho esse direito e ninguém há de me impedir.

— Irmão — falou Flecheiro para o espírito —, o que a vingança está trazendo de positivo para você? Cada vez que fere o outro, está ferindo a si mesmo. Veja quanto tempo, energia, dor e sofrimento gastos com esta situação. Isso só o afasta, mais e mais, daqueles que realmente o amam. Quanto mais se aproxima de seu objetivo, ver seu antigo feitor sofrendo e pagando pelo que fez, mais você se endivida e sofre. Observe que ele, encarnado nesta mulher, conseguiu uma nova oportunidade de tentar agir diferente e de aprender com os erros. Avalie as dificuldades que essa irmã atravessa em consequência das muitas faltas que cometeu no passado. Será que ela já não está acertando as contas no presente? Lembre-se de que Deus é um pai bom e justo! Nenhum de nós está imune à lei de causa e efeito; todos respondemos pelos erros e acertos de nossas ações.

Pedro observava o espírito que, reflexivo, avaliava cada palavra do caboclo.

Ao lado do espírito, materializou-se o de uma mulher que acariciou os cabelos do endurecido homem.

— Meu amado, Jonas! — falou a mulher. — Perdoe para que possa ser perdoado... para que possa seguir ao lado dos que o amam. Há muito venho tentando demovê-lo desta vingança. Entregue nas mãos de Deus e sigamos nossa vida.

— Flora, meu amor, como pôde esquecer o que este crápula fez a você?

— Entreguei a Deus! Na escola da vida, as provas não vêm ao acaso. Em outras ocasiões, o algoz de nossa última existência já sofreu demais em nossas mãos. Será que ainda temos o direito de reclamar? Ele falhou conosco, assim como nós falhamos com ele. Precisamos dar um fim a esta situação; precisamos ressignificar nossas experiências por meio do amor.

— É muito difícil! Estou cansado — falou Jonas, pensativo.

— Eu sei! Também passei por isso, mas estou aqui para superarmos isso juntos. Venha comigo! É hora de recomeçarmos! — Flora estendeu a mão.

Jonas deu a mão a Flora, chorando copiosamente. Naquele instante, as cordas que amarravam Jonas desapareceram. Ele adormeceu e foi levado pelos socorristas.

Flecheiro levantou-se e distribuiu ramos de ervas para os demais caboclos, que iniciaram um rito de bate-folhas, limpando o campo áurico da consulente. Pedro viu diversas larvas caindo pelo chão do terreiro, inclusive as sanguessugas astrais que estavam sobre a perna da mulher.

Caboclo Flecheiro rezou a perna da mulher e disse que tudo aquilo passaria, que a perna cicatrizaria, que o mau cheiro cessaria e que ela voltaria a andar com perfeição.

— Muito obrigada! — falou a mulher emocionada. — Não sei como lhe pagarei pela graça alcançada, caboclo.

— Mas esse caboclo sabe: tornando-se uma pessoa melhor, aprendendo a perdoar, fazendo o bem indistintamente, amando o próximo como a si mesma, seguindo os ensinamentos e exemplos deixados por Jesus — respondeu Flecheiro.

A sessão de caridade no plano físico terminou, e os trabalhos seguiram noite adentro no plano espiritual.

— Os trabalhos foram intensos esta noite — comentou Pedro, aproximando-se de Ubirajara.

— Sim, Pedro! Foi uma noite de muitos aprendizados.

— Quem era o boiadeiro que surgiu no meio da roda de caboclos?

— Aquele é o irmão Zé do Laço, um caboclo-boiadeiro que nos ajuda bastante nestas ocasiões. Venha, que vou apresentá-lo a você — disse Ubirajara, seguindo com Pedro na direção em que Zé do Laço interagia com Flecheiro.

— Deem-me licença, irmãos — falou Ubirajara para Zé do Laço e Flecheiro. — Zé do Laço, meu irmão, quero apresentar-lhe Pedro, um novo trabalhador de nossa casa.

— É um prazer revê-lo, Pedro — respondeu Zé do Laço, estendendo a mão para cumprimentá-lo.

— Rever? Desculpe-me, mas não me lembro do senhor — disse Pedro, um pouco constrangido.

— Não se avexe, meu amigo! Jamais me esqueço de um boi da boiada. Tive o prazer de participar de seu resgate junto à Legião dos Servos de Maria de Nazaré — respondeu Zé do Laço, sorrindo.

— Muito obrigado! Não imaginava!

— Agora, já vou, pois minha gira ainda é grande hoje.

— A vida é cheia de surpresas. Vamos continuar, pois muito trabalho nos espera, Pedro — ponderou Ubirajara.

Após uma madrugada de intenso trabalho, Pedro foi observar a partida de um comboio espiritual que seguia com vários espíritos socorridos na sessão de caridade da noite. Depois que o veículo alçou voo, Pedro pôs-se a admirar as estrelas, reflexivo sobre tantas situações e aprendizados que vivenciara naquela noite.

ZÉ DO LAÇO

13
NOVOS DESAFIOS

"Como o tempo passou rápido", pensava Pedro, "já se passaram vinte anos desde que comecei a trabalhar na egrégora de Pai Joaquim de Angola. Cresci, aprendi e evoluí. Tive a sorte de ser apadrinhado pelo Caboclo Ubirajara Peito de Aço. Com ele, corri muitas giras, apoiando-o na corrente astral das casas onde ele trabalhava, e combati demandas ao lado dele. Absorvi a sabedoria dos pretos-velhos; visitei lugares tenebrosos com Sete Encruzilhadas; tornei-me aprendiz das magias de Maria Figueira da Calunga; e, com a linha dos caboclos, aprendi a ter retidão moral e disciplina". Pedro refletia, como gostava de fazer, conversando com as estrelas. Chegara à conclusão de que se beneficiara muito mais que ao próximo. "Hoje, faço 33 anos de desencarnado. Se ainda vivesse no corpo carnal, seria um homem de meia idade, contando mais de cinquenta anos. O tempo no plano espiritual é diferente do plano físico. Apesar de todo o aprendizado que obtive, ainda me sinto engatinhando... tenho muitíssimo a aprender...".

— Pedro — falou Ubirajara —, desculpe interromper seu momento contemplativo, mas estamos sendo chamados por Pai Joaquim diante do gongá.

O preto-velho estava virado para o gongá. Ao notar que os dois haviam chegado, virou-se, sentou-se e os convidou para acompanhá-lo.

— Bem — falou Pai Joaquim —, chamei-os aqui, pois desejo conversar com você, Pedro. Temos uma missão que trará muito aprendizado ao seu crescimento espiritual, será uma nova fase de aprimoramento. Recordo-me de quando chegou pela primeira vez nesta casa, a fim de ser socorrido no pronto-socorro espiritual. Depois de sua recuperação, você vem atuando como servidor e eterno aprendiz, pois enxerga esta casa como uma escola. Todavia, é chegada a hora de passar para a etapa do templo, tornando-se um efetivo apóstolo crístico.

Serenamente, Pedro prestava atenção a tudo o que Pai Joaquim falava. Aprendera a ser um bom ouvinte, administrando bem as emoções.

— A Umbanda — continuou o pai-velho —, como religião, propõe três aspectos básicos dentro de uma pedagogia espiritual. Muitos veem as casas umbandistas como fim da linha e as procuram para serem socorridos e terem as dores minimizadas. Alguns desses indivíduos despertam para o compromisso da fraternidade, independentemente do tipo de mediunidade que carregam, e passam a frequentar o terreiro, exercendo funções e atividades; mas poucos são os que conseguem despertar e reavivar, efetivamente, a centelha divina em seus corações para que sejam habitáveis como altares-mor e moradas do Cristo. Muitos esperam trabalhos, oferendas, rituais e iniciações miraculosas como formas de fortalecimento instantâneos; quando o único caminho que os leva à Espiritualidade Maior é a reforma íntima. É necessária uma mudança interior: aprender a refrear os instintos primais, lapidando-os e transformando-os conforme a lição "orai e vigiai".

"Os filhos da Terra passam por um momento sombrio, vivem um período de guerra no plano físico, e tal hecatombe pode levá-los a um período de trevas total. Nós, espíritos das hostes do Pai Maior, trabalhamos noite e dia, vibrando por um novo amanhecer, no qual os raios da esperança tragam oportunidades para os homens degredados. A Umbanda seguirá com a missão de levar lenitivo aos necessitados por meio da 'manifestação do espírito para a prática da caridade', conforme anunciado pelo espírito do Caboclo das Sete Encruzilhadas. Assim, na fase que se inicia, os encarnados verão a manifestação de novas falanges de trabalho compostas por muitos desses espíritos que já vinham atuando conosco, caboclos e pretos-velhos, no plano astral.

"Desta maneira, Pedro — concluiu Pai Joaquim —, eu e o Caboclo Ubirajara viemos, em nome da Espiritualidade Maior, convocá-lo a engrossar as fileiras umbandistas, manifestando-se na Terra para auxiliar os encarnados."

Pedro, que até então vinha acompanhando muito bem a fala de Pai Joaquim, ficou perplexo; imaginava se havia perdido alguma informação. Acreditava não ter entendido bem, pensava ser algum equívoco, e ficou muito confuso.

— Pedro — Ubirajara tomou a palavra —, não há por que ficar confuso; você entendeu o que foi dito. Lembre-se de que tudo acontece em nossas vidas conforme o merecimento. Da mesma forma, não cai uma folha que não seja do conhecimento do Pai.

— Eu sei — respondeu Pedro, emocionado —, me questiono se realmente sou digno desta oportunidade... eu, que já tombei e falhei tantas vezes na escola da vida...

— Filho — falou Pai Joaquim de forma terna —, se a oportunidade surgiu em seu caminho, é porque já se encontra pronto para alçar novos desafios. Sempre confie nos desígnios de Deus.

— Isso mesmo, Pedro! Você aprendeu bastante durante a jornada conosco, muitíssimo ainda há de aprender, mas agora é hora de colocar em prática tudo o que foi absorvido. Além disso, tanto este caboclo como esse preto-velho lhe darão todo o apoio no novo ciclo evolutivo — confirmou Ubirajara.

— O filho fez jus a esta oportunidade, você trabalhou muito nesta seara, sem desejar nada em troca, sem esperar reconhecimento ou louros por sua atuação. Isso demostrou sua dignidade e sua humildade, que somaram a seu favor para que este novo caminho surgisse para você — arrematou Pai Joaquim.

— Afirmo que não será fácil: muitas serão as batalhas que enfrentará, muitos são os médiuns xucros que haverá de domar e direcionar para o caminho reto do bem — preveniu Ubirajara. — No entanto, sua colheita será edificante.

— Neste momento, não consigo vislumbrar com clareza o que está por vir. Como se daria este trabalho? — perguntou Pedro.

— Como disse — retomou Pai Joaquim —, novas falanges começarão a emergir nos terreiros de Umbanda do plano físico, sendo agregadas às já existentes Linha de Caboclos e Linha de Pretos-Velhos. Porém, com o passar do tempo, essas falanges passarão a ter momentos de louvação específicos nas giras de Umbanda.

— Dessa forma — disse Ubirajara —, você, Pedro, começará se manifestando em uma das médiuns desta casa na Linha de Caboclos, se apresentando como um caboclo-de-couro, um boiadeiro.

— As entidades da Umbanda trazem uma roupagem fluídica arquetípica que, na verdade, se trata de um resgate social, cultural e espiritual com a memória dos povos que viveram nestas terras. Por isso, por sua afinidade fluídica e sua vivência na última encarnação como um simples homem do campo, que lidava com o cultivo da terra, com a criação dos animais, que bravamente atravessava distintas paragens e que tinha o pulso firme no manejo do gado, vibratoriamente se sintoniza com a falange dos boiadeiros — falou Pai Joaquim.

— Sobre a médium, inicialmente você trabalhará com Jussara, filha de dona Iraci e seu Hamilton — complementou Ubirajara.

— Que alegria em poder trabalhar com a menina Jussara! Quando cheguei, ela era uma jovenzinha; hoje, é uma mulher casada, com filhos... que se tornou uma médium firme. Desde que cheguei aqui, me afeiçoei demais à família do senhor Hamilton, pois me lembrava da minha.

— Em breve, após alguns preparativos, Tia Zeferina da Bahia, preta-velha que acompanha Jussara, promoverá o encontro astral entre você e a médium. No entanto, antes, Ubirajara o levará para conhecer e passar um tempo se preparando na cidade de luz, nossa colônia espiritual, Aruanda — explicou Pai Joaquim.

— Finalmente terei a oportunidade de conhecer a tão falada Aruanda! A alegria transborda de meu coração!

— Pedro, lá em Aruanda, você passará uma temporada estudando e se preparando junto de outros espíritos que também comporão a falange dos boiadeiros. Durante esse período, suas atividades serão redobradas, pois estudará e, nos dias de gira e função no terreiro, virá para o trabalho. Esta é uma forma de estabelecer um paralelo entre a teoria que aprenderá e a prática dos trabalhos espirituais — orientou Ubirajara.

— Combinado! — respondeu Pedro, demonstrando extrema disposição para abraçar a nova etapa que surgira em sua vida.

— Agora é hora de partir, Pedro — disse Pai Joaquim.

— Já?! — perguntou Pedro, surpreso.

— Sim — respondeu Ubirajara —, não há tempo a perder.

— A sua bênção, Pai Joaquim — disse Pedro, abaixando-se em reverência e respeito ao pai-velho.

— Que Oxalá o abençoe, hoje e sempre, com sua imensa e divina luz, filho.

— Também lhe sou grato, meu amigo Ubirajara. Obrigado! — disse Pedro, abraçando o caboclo com força.

Após as despedidas, Ubirajara e Pedro partiram em direção à cidade astral de Aruanda. Ao se aproximarem da colônia, um grande portal de luz se abriu diante deles, revelando uma beleza jamais vista ou imaginada por Pedro. O sol estava nascendo naquele momento, e isso tornava as edificações da cidade translúcidas. Ao fundo, era possível divisar uma cadeia de montanhas com várias e enormes cascatas, caindo em harmonia com a paisagem. Das quedas-d'água, formavam-se vários afluentes que convergiam, conectando-se em um rio central, que seguia serpenteando a mata até desembocar no mar.

— Ubirajara, enquanto encarnado, não conheci o mar. Só tive essa oportunidade quando, atuando ao seu lado, visitamos esse reino a fim de realizar um trabalho com as forças marinhas. Porém, não imaginava ver o mar em uma colônia espiritual — observou Pedro.

— A Umbanda é uma religião que enaltece a natureza, e esta representa os sagrados orixás em suas diferentes potencialidades e vibrações originárias de Deus. Dessa forma, as entidades que se manifestam na Umbanda têm ligação direta com a natureza, pois são vibratoriamente sustentadas pelos orixás — explicou Ubirajara. — Por isso, esses recintos são replicados em nossa dimensão espiritual, representando distintos reinos e forças naturais.

Enquanto desciam a alameda central da cidade, Pedro observou que, apesar de ser muito cedo, a cidade funcionava a pleno vapor.

— Aqui, nunca paramos; trabalhamos noite e dia pelos filhos de Oxalá — Ubirajara respondeu o pensamento do pupilo.

Ambos seguiram para um conjunto de prédios, onde o caboclo adentrou acompanhado por Pedro.

— Aonde estamos indo? — perguntou Pedro.

— Os conselheiros espirituais nos aguardam para uma audiência de apresentação.

Ao se aproximarem da porta, Ubirajara acalmou Pedro:

— Deixe seu coração lhe guiar, estarei com você.

Pedro aquiesceu com a cabeça para o caboclo, que o conduziu à parte interna do salão.

— Salve, suas forças, meus irmãos! — falou Ubirajara, saudando os presentes.

— Salve, Caboclo Ubirajara Peito de Aço! — responderam em uníssono os três membros do conselho.

— Seja bem-vindo, Pedro! — falou uma garotinha que aparentava uns oito anos de idade. Era negra e usava um vestido amarelo e laços de fita da mesma cor no cabelo.

— Obrigado!

— Aguardávamos por você, meu amigo, que veio recomendado por Pai Joaquim de Angola e pelo Caboclo Ubirajara. Eu me chamo Cabocla Jandira do Mar. Esta que o cumprimentou é Ritinha do Jardim, e esse é Pai José de Aruanda. Formamos um dos muitos conselhos que atuam em nossa cidade espiritual.

Pedro ficou impressionado com o belo olhar da Cabocla Jandira, que usava um pequeno cocar azul e uma túnica branca que contrastava com a cor de sua pele. Pai José, porém, era negro, um pouco rechonchudo, com ar bondoso, cabelos e barba grisalhos e curtos. O pai-velho, usava uma bata azul-clara e uma calça branca.

— Salve, meu filho! — Pai José tomou a palavra afetuosamente. — O filho já passou por muitas experiências na vida: já sofreu, se redimiu, aprendeu a servir e, hoje, está aqui diante de nós, tendo como avalista dois antigos seareiros de Aruanda. Assim, nós lhe perguntamos: o que filho tem a agregar aos trabalhos do Cristo?

— Primeiramente — respondeu Pedro —, sou muito grato à acolhida que tive na casa de Pai Joaquim, ao apoio, à paciência de todos os amigos que me ampararam e que me acolheram, permitindo que esta alma simples pudesse servir ao lado deles. Com isso, tive a oportunidade de aprender de forma mais ampla a máxima de Francisco de Assis: "é dando que se recebe". Fui o maior beneficiado durante todo o tempo que servi à caridade, aprendi a amar indistintamente, a ajudar indiscriminadamente, a acolher o próximo sem julgar, porque isso não nos cabe, fica a cargo da consciência de cada um — finalizou Pedro.

— O que o tio espera dessa nova jornada que se inicia em sua vida? — Ritinha perguntou a Pedro.

— Espero continuar servindo com humildade, absorvendo os aprendizados propostos e colocando-os em prática para, assim, lapidar as inclinações errantes de minha alma.

— Pois bem — tomou a palavra a Cabocla Jandira —, tem nossa bênção para prosseguir na colônia e dar continuidade aos planos da Espiritualidade Maior.

— Agradeço, de todo o coração, os irmãos pela oportunidade concedida — falou Pedro, sincera e humildemente.

Assim, Ubirajara e Pedro se despediram, saindo das dependências do prédio.

— Meu amigo, pode esclarecer uma dúvida sobre a reunião que tivemos?

— Claro! — respondeu o caboclo.

— Sei que o espírito não tem idade, traz consigo o conhecimento angariado ao longo de suas distintas existências, mas muito me impressionou ver Ritinha compondo o grupo de conselheiros. Como sabe, já tive a oportunidade de ver a ibeijada se manifestar e de acompanhar os trabalhos desta falange, mas pode falar um pouco sobre o assunto?

— O conselho a que você foi submetido traz a representação do tripé de sustentação das falanges da Umbanda, crianças, caboclos e pretos-velhos, que também representam as três etapas da vida de um homem na Terra: a fase infantil, a adulta e a velhice, ou seja, o ciclo da vida.

— Entendi. Agradeço por ajudar a ampliar minha visão sobre o assunto.

— Agora — retomou a palavra o caboclo —, você vai se juntar a um grupo de espíritos que, assim como você, está se preparando espiritualmente para começar a se manifestar na Terra. Você entrará em contato com alguns dos mistérios que vê sendo usados no dia a dia do terreiro, aprenderá como ativá-los para ajudar o próximo e a combater as energias das trevas. Aprenderá sobre a magia do ponto-riscado, sobre a evocação dos espíritos da natureza, a fazer uso das forças dos reinos dos orixás e muitas outras coisas.

No trajeto para o local do estudo, Ubirajara e Pedro encontraram Zé do Laço.

— Salve, meus amigos! Que bom vê-los por aqui — saudou-os o boiadeiro, entusiasmadamente.

Após os cumprimentos, Ubirajara falou:

— Zé do Laço, nosso amigo Pedro iniciará o preparatório para que, em breve, comece a se manifestar nas giras de Umbanda.

— Trabalhadores são sempre bem-vindos! Pelo visto, estou indo para o mesmo lugar que vocês. Vim para dar boas-vindas à nova turma que se inicia.

— Ótimo! Então, pedirei seu auxílio para acompanhar Pedro. Pode ser?

Ambos assentiram para Ubirajara.

— Aqui me despeço de vocês e sigo com meus afazeres — falou Ubirajara, despedindo-se deles.

Pedro e Zé do Laço seguiram conversando até o local dos estudos.

Ao cruzar a porta da sala, Pedro pensou consigo mesmo: "Uma nova fase, um momento de novidades. Entrego e confio no Senhor, Pai".

ZÉ DO LAÇO

14
A CONSAGRAÇÃO DO BOIADEIRO

Os estudos avançavam. Pedro, por sua vez, aproveitava com afinco e dedicação a oportunidade que lhe fora concedida. Estava gostando muito das aulas, em especial das ministradas nos diferentes reinos da natureza. Surpreendeu-se com a vastidão dos mecanismos da obsessão. Também se aprofundou nos estudos sobre ética e valores morais por meio de inúmeros debates sobre as consequências da lei de causa e efeito. Além disso, pôde desfrutar da boa companhia de Zé do Laço e de outros boiadeiros, que os acompanhavam junto aos demais instrutores nas excursões de resgate e socorro espiritual realizadas nas zonas umbralinas.

Os caboclos-de-couro davam inúmeras dicas e instruções sobre cuidados e de como não cair em armadilhas no umbral, bem como instruíam sobre a necessidade de perscrutar os espíritos com que iriam lidar, a fim de não serem enredados por mentiras.

Para Pedro, foi marcante uma das orientações transmitidas pelo Boiadeiro Tonho Mineiro que, em tom jocoso, disse aos alunos:

— Nem tudo o que reluz é ouro! Por isso, nessas bandas do umbral, não adianta um espírito se mostrar iluminado, pode ser uma artimanha para nos enganar. Assim, percebam as sensações que registram, atentem-se ao discurso, não se deixem enganar.

As excursões às regiões do Umbral eram feitas a cavalo, e os boiadeiros e seus tutelados usavam uma capa sobre a roupa que os ajudava a vibrar em uma frequência diferente do recinto e passar desapercebidos. Eles também ajudavam nos resgastes feitos pelos espíritos socorristas que acompanhavam, bem como aprenderam a ministrar os primeiros socorros àquelas almas.

Muitos eram os pedidos de socorro, mas nem todos estavam prontos para serem socorridos. Portanto, muitas ofensas e xingamentos eram proferidos contra o grupo e, em algumas ocasiões, os espíritos lançavam tudo o que viam pela frente, sem conseguir atingi-los.

Pedro ficou muito emocionado quando recebeu a oportunidade de acompanhar uma das caravanas chefiadas pela Legião dos Servos de Maria de Nazaré, pois pôde reviver com extrema clareza as lembranças do dia de seu resgate.

Pedro pôs-se a pensar: "Como me habituei à condição de morador das zonas umbralinas? Como a culpa atravancou minha evolução e meu aprendizado! Agradeço a Jesus por sua infinita bondade, não permitindo que qualquer de suas ovelhas se desgarre do rebanho."

— Por que está tão pensativo, Pedro? — perguntou Zé do Laço, aproximando-se.

— Reflito sobre as múltiplas oportunidades de reescrever a história que a vida nos concede. Que devemos extrair o melhor aprendizado das coisas boas e das coisas não tão boas, tendo sempre a consciência de que, se algo ocorre em nosso caminhar, é porque com ele surge uma nova oportunidade de crescer.

Além de participar das aulas, Pedro continuava a trabalhar na corrente de Pai Joaquim nos dias de sessão. Nessas ocasiões, observava atentamente a médium Jussara, passando a adotar uma postura de proteção para com ela.

— Salve, Pedro! — falou Tia Zeferina da Bahia.

— Salve, Tia Zeferina!

A despeito de ser uma preta-velha, a roupagem fluídica de Tia Zeferina era mais jovem que a dos demais pretos-velhos; por isso, ela era carinhosamente chamada de "tia".

— Meu jovem — disse Zeferina para Pedro —, lhe convido a me acompanhar nesta noite, pois é hora de, durante o sono físico, apresentá-lo à minha menina.

— Claro! — respondeu Pedro, sentindo o coração pulsar mais rápido.

Como de costume, após o encerramento dos trabalhos no plano físico, as atividades no plano espiritual seguiram intensas. Pedro, por sua vez, ajudava em tudo o que podia, além de já estar deveras habituado à labuta naquela casa bendita.

Por volta das três da manhã, Tia Zeferina chamou Pedro:

— Vamos, filho, que já está na hora.

Ambos partiram para a casa de Jussara. Ao adentrarem o quarto, Jussara já estava fora do corpo e, ao avistar a preta-velha, foi logo dizendo:

— Achei que não viria me visitar hoje! — disse, sorrindo.

— Venho sempre que posso, minha menina — respondeu Zeferina carinhosamente. — Jussara, quero apresentar-lhe um novo amigo espiritual que passará a compor sua egrégora pessoal, manifestando-se nas sessões de caridade.

— Tenho a impressão de que já o conheço — disse Jussara, tentando se recordar de onde.

— Este irmão já frequenta o plano espiritual da casa de Pai Joaquim há muitos anos, auxiliando espiritualmente a corrente da casa.

— Qual o seu nome? — Jussara se dirigiu a Pedro.

— Sou apenas um espírito amigo. No momento certo, saberá meu nome.

— Mas ele não aparenta ser nem um preto-velho nem um caboclo — falou Jussara para Tia Zeferina.

— Bem observado, minha filha. Ele pertence a uma falange nova que começou a se manifestar na Umbanda.

— Sendo amigo de Tia Zeferina e de Pai Joaquim, é bem-vindo, meu amigo! — disse médium a Pedro.

— Muito obrigado, Jussara! Tenho a certeza de que, com a permissão do Pai Maior, teremos muito a trabalhar e a crescer juntos, aprendendo com a caridade.

— Isso mesmo! — confirmou Tia Zeferina, tomando as mãos de Pedro e Jussara. — Filha, este irmão passará a se comunicar com você por meio de intuições e sonhos até que venha a se manifestar na Terra por meio de sua mediunidade. Agora, é hora de irmos.

Zeferina e Pedro se despediram de Jussara e, assim que saíram da casa, Pedro falou:

— Tia Zeferina, agradeço muitíssimo por conduzir este encontro. Foi um momento muito significativo para mim.

Pedro retornou para a colônia de Aruanda, pois o período de preparação era intenso. Mais de um ano havia se passado desde sua admissão na colônia espiritual, e ele ainda não havia se habituado à beleza e à magia do local. A cidade de Aruanda estava em uma frequência diferente das outras colônias, só podia ser captada por espíritos que compunham sua egrégora ou por espíritos superiores.

A turma que Pedro frequentava foi dividida em pequenos grupos distribuídos entre os boiadeiros que os acompanhavam desde a fase inicial. Pedro foi designado à célula sob a responsabilidade de Zé do Laço e, junto do boiadeiro e dos colegas de turma, começou a percorrer vários terreiros de Umbanda espalhados pelo Brasil. Também começou a visitar outras religiões de cunho espiritualista em que a mediunidade era usada como ferramenta. Nas giras que corria, exercitava, com a permissão do Astral Maior, a manifestação mediúnica em diferentes correntes, tornando possível perceber as diferenças entre energias sutis e densas.

Em uma das muitas instruções vivenciadas com Zé do Laço, aprendeu a usar, espiritualmente, os elementos magísticos da falange dos boiadeiros, dominando todo o misticismo envolvido, tais como manejar o laço, o chicote, o berrante, o marafo, o fumo, as facas e vários outros.

Um dos momentos mais marcantes e reveladores que passou com Zé do Laço foi em uma aula ministrada em um dos muitos reinos na Aruanda denominado Campina da Porteira Grande. Como toda a colônia, era um recanto belíssimo, onde havia um grande pasto que, no meio, tinha uma porteira. Por trás desta, uma densa mata emoldurava as laterais de uma grande cascata que refletia o sol da tarde.

— Meus irmãos — disse Zé do Laço —, trouxe vocês aqui, hoje, para um dos momentos mais importantes e marcantes de suas jornadas evolutivas como guias e protetores.

O boiadeiro seguiu falando e dando instruções:

— Formem um círculo diante da porteira — Zé do Laço ocupou a posição central —, fechem os olhos e sintam a força da natureza: desta queda-d'água que cai com força sobre as pedras, do canto dos pássaros que voam livres no ar... sintam seus pés tocando a terra sagrada, respirem fundo e absorvam o cheiro das matas.

Os sete homens que acompanhavam Zé do Laço, incluindo Pedro, seguiram o comando do boiadeiro, que continuou:

— A partir do nome com que fui consagrado e iniciado nos mistérios do povo de Aruanda, consagro e inicio todos os presentes através da força de meu laço divino.

Enquanto falava, Zé do Laço girava a corda no ar, movimentando-o em volta do círculo que os homens formavam.

— Evoco a força dos caboclos enviados que representam os orixás Oxóssi e Ogum, para que cruzem a flecha sagrada do grande caçador e a espada do grande guerreiro sobre o peito destes boiadeiros. Em nome de Deus, que sempre trabalhem pelos filhos da Terra e que sempre contem com a proteção desses grandes orixás.

Pedro respirava profundamente e as lágrimas escorriam de seus olhos. Sentia o peso da espada e da flecha sobre seu peito, comprimindo-o.

— A partir de hoje, em nome da caridade, cada um dos presentes, iniciados nos mistérios da falange dos boiadeiros, renuncia ao nome adotado na última encarnação e passa, assim, a assumir o nome espiritual de Zé do Laço, o boiadeiro de Jesus. Recebam suas respectivas grafias sagradas como uma representação e uma chave espiritual que os representará individualmente, assim como toda a falange.

Zé do Laço concluiu o rito com uma bela oração, saudando Zambi, os orixás, as forças da natureza e a cidade de Aruanda.

Quando Pedro, junto dos demais, abriu os olhos e viu, diante de si, o ponto-riscado que o identificaria na egrégora umbandista, ficou surpreso. Também estava vestido de forma diferente: trajava uma calça cáqui, que representava a terra, e uma camisa azul de mangas compridas dobradas, que simbolizava o manto de Maria. Trazia um lenço encarnado amarrado ao pescoço, que representava as batalhas a serem vencidas; na cintura, carregava um chicote de couro de um lado, para dispersar todas as energias deletérias, e uma faca do outro, para cortar todas as magias negativas; na cabeça, um chapéu de palha, evidenciando o arquétipo do homem simples do campo; e, atravessada no dorso, uma corda para laçar todo o mal.

Pedro ficou ainda mais surpreso quando percebeu que, do seu lado direito, estava Ubirajara Peito de Aço, trazendo na mão a espada de Ogum que cruzara seu peito, e, do lado esquerdo, o Caboclo Flecheiro, segurando a flecha de Oxóssi que também o cruzara. Pedro abraçou os amigos e agradeceu a presença de ambos.

Ao se virar, Pedro notou vários espíritos amigos dos presentes que vieram assistir à consagração. No meio da multidão, destacaram-se as presenças de seu amigo, Pai Joaquim, de sua mãe, Lindalva, e de seu avô, Ataíde. Assim que Pedro os viu, correu para abraçá-los. Ubirajara e Flecheiro logo se juntaram ao grupo.

— Foi lindo assistir a este momento de sua vida, meu filho! — falou Lindalva.

— Agradeço a todos vocês, meus amigos, por estarem ao meu lado neste momento tão especial em que assumi uma grande responsabilidade junto a Deus e à Espiritualidade Maior — disse Pedro. — Amigos, peço licença um instante para cumprimentar Zé do Laço.

Aproximando-se dele, Pedro o abraçou e disse:

— Mais uma vez, muito obrigado, Zé do Laço!

— Pedro, tudo acontece conforme o merecimento de cada um, e você, ao longo do tempo, fez jus a que tudo isso acontecesse em sua vida. Por isso, o laço que o resgatou outrora — falou o boiadeiro, colocando a mão sobre a corda que trazia no peito — será útil, resgatando outros necessitados — concluiu, tocando o laço que agora Pedro trazia cruzado sobre o torso.

Os dois se abraçaram novamente.

— Se precisar de mim, basta chamar. Tenha a certeza de que sempre estaremos ligados, meu amigo — despediu-se Zé do Laço.

Pedro retornou para a companhia de seus entes queridos, mantendo a aprazível conversa por mais algum tempo. Depois, Ataíde e Lindalva se despediram do grupo e Pedro, Flecheiro, Ubirajara e Pai Joaquim voltaram ao plano físico.

A rotina do terreiro foi retomada, mas, dali em diante, Pedro começaria a acompanhar o Caboclo Ubirajara em muitas atividades com outros médiuns e em outras casas. Era uma fase de muita e proveitosa observação dos aconselhamentos espirituais e de participação e auxílio nos mais distintos trabalhos. Além disso, Pedro recebia as sábias instruções transmitidas pelo caboclo, que era uma espécie de professor para o agora boiadeiro.

— Pedro — falou Ubirajara —, uma lição especialmente importante é: podemos aconselhar, mas jamais viver a vida pelo encarnado, pois cabe a cada um, única e exclusivamente, percorrer o próprio caminho. Como guias, mentores e protetores, jamais devemos interferir no livre-arbítrio deles, pois erros e acertos fazem parte da constituição e da evolução de cada indivíduo. Por mais difícil que seja a provação que estejam a enfrentar, podemos apenas ficar ao lado deles, incentivando-os por meio de mensagens de esperança e acalanto e transmitindo a força necessária para que possam vencer os obstáculos. Esse é o papel que nos cabe.

Pedro assentiu, respondendo ao caboclo:

— Estudamos bastante sobre a lei de ação e reação, o que me ajudou a ter a base necessária e a convicção de que nada acontece que não seja da vontade e do conhecimento do Pai.

Durante as sessões de caridade na casa de Pai Joaquim, Pedro passou a ter um novo olhar e amplo entendimento sobre muitas coisas que ocorriam no plano espiritual. Começou a especializar-se em desobsessões, ficando ao lado de Sete Encruzilhadas e da falange dos bugres, acompanhando-os todas as vezes em que iam correr gira, enquanto os outros guias estavam em terra trabalhando.

Sempre que possível, também ficava perto de Tia Zeferina e do Caboclo Caçador, entidades que chefiavam os trabalhos espirituais da médium Jussara. Ele também passou a dedicar um tempo para ficar ao lado da médium Jussara, conversando com ela, quando ela estava em estado de desdobramento ou realizando seus afazeres domésticos, a fim de afinar o entrosamento energético entre ambos.

Certa ocasião, seu Hamilton, passando pela rua em que a filha morava, resolveu fazer uma visita a Jussara. Parou diante da casa e bateu palmas em frente ao portão.

— Olha, que surpresa!

— Estava passando por aqui e resolvi parar para tomar um cafezinho com você, filha.

— Que alegria, meu pai! — respondeu Jussara, abraçando o senhor Hamilton.

Ao se dirigirem à cozinha, Hamilton, por meio da clarividência, avistou Pedro paramentado de boiadeiro e acenou com a cabeça para ele. Este lhe respondeu tirando o chapéu, um sinal de respeito e reverência.

Depois da conversa habitual entre pai e filha, Hamilton perguntou a Jussara:

— Filha, ao chegar aqui, avistei um amigo espiritual na entrada de sua casa — disse, descrevendo Pedro.

Pedro, acompanhando a conversa, sorriu ao ouvir sua descrição.

— Que interessante você falar isso, papai! Tenho sonhado com um guia que se apresenta para mim como um boiadeiro. Ele diz que vamos trabalhar juntos.

— Já trabalho com vocês há muitos anos na corrente de luz de Pai Joaquim. Venho com a permissão de Deus e dos guias superiores para trabalhar ampliando a caridade. Meu nome é Zé do Laço, o boiadeiro de Jesus — disse Pedro a Hamilton.

— Filha, conheci este irmão há muitos anos por intermédio de Pai Joaquim. Ele acompanha os trabalhos espirituais de nossa casa há bastante tempo. É o espírito de um boiadeiro que baixará em terra tendo você como cavalo. Ele se apresentou para mim como Zé do Laço, o boiadeiro de Jesus. Por isso, não tema a presença dele, minha filha. Quando sonhar com ele, ore, converse e receba as instruções.

— Não tenho medo — respondeu Jussara. — Salve, Seu Zé do Laço! Salve, sua banda! Salve, suas forças! Com sua explicação, meu pai, entendi porque tenho a impressão de que se trata de um espírito familiar, apesar de não me recordar dele. O senhor recomenda que eu faça alguma firmeza para ele?

Hamilton parou, perscrutando os pensamentos, e Pedro orientou:

— Peça à menina Jussara que faça uma firmeza com um pedaço de corda, uma garrafa de cachaça, uma vela e um cigarro de palha na porteira da casa.

Assim, com facilidade, Hamilton transmitiu o recado para a filha.

— Obrigada pela orientação, papai. Hoje mesmo, farei o que me orientou.

— Nada é por acaso — Hamilton falou, rindo e se levantado para ir embora. — Agora entendi a razão de eu ter vindo aqui, minha filha.

Pai e filha se despediram no portão da casa.

Naquele mesmo dia, Jussara fez a firmeza. Pedro estava ao lado, recebendo as orações da médium. Enquanto ela rezava, o boiadeiro aplicava um passe. A médium chegou a bambear, sentindo a proximidade de Zé do Laço. Assim que a médium se aprumou, Pedro a orientou:

— Peço que leve esses itens para o terreiro na próxima sessão.

Depois, Pedro partiu da casa de Jussara, seguindo com os afazeres.

Era mais um dia de sessão de caridade, os trabalhos transcorreram bem, como habitualmente. Pedro seguia trabalhando, dando toda a cobertura espiritual necessária para os guias. Pai Joaquim e Tia Zeferina já haviam encerrado os atendimentos, mas esperavam os outros guias terminarem para subirem juntos.

— Zeferina, minha velha, peço sua licença para que suba, pois desejo prosear com seu aparelho — falou Pai Joaquim.

Tia Zeferina despediu-se dos presentes, desincorporando da médium.

— Filha — disse Pai Joaquim, chamando Jussara —, conforme você e meu cavalo conversaram, sabem sobre a chegada de um novo amigo espiritual em terra. Assim, peço que feche os olhos, se concentre e se entregue à energia dele. Confie neste nego-velho, estarei ao seu lado lhe amparando.

Jussara obedeceu ao pai-velho. Neste momento, Pedro estava ao lado da médium; ela, por sua vez, já percebia a energia dele. Então, Pai Joaquim pegou a bengala, colocou-a sobre a cabeça de Jussara e puxou um ponto-cantado, que foi firmado pelos presentes. O preto-velho baforava o cachimbo em direção à médium.

Jussara, concentrada, sentia todo o corpo tremer. Uma energia a percorria desde os fios dos cabelos até a sola dos pés; as mãos e os pés da moça formigavam. Uma sensação de força crescia dentro dela.

Pedro, agora Zé do Laço, que estava atrás da médium, deu uma série de estalos em direção ao corpo dela e, em uma fração de milésimos de segundos, o campo áurico de Jussara se expandiu e se fundiu à energia do boiadeiro: vários fios de luz saíam do corpo astral de Zé do Laço e se ligavam aos centros de força da médium. Naquele instante, a junção das vibrações do guia e da médium formava uma nova energia. Assim, Jussara e Zé do Laço, praticamente, tornaram-se um só; a médium mudou a expressão completamente e, no plano espiritual, uma espécie de explosão energética ocorreu. No plano físico, Jussara começou a rodopiar, enquanto seus chacras ajustavam a vibração ao processo de incorporação. A médium começou a rodar a mão e o braço direito no ar, como se girasse um laço imaginário, da mesma forma como Zé do Laço fazia no plano astral. Depois, o boiadeiro se ajoelhou diante do gongá, bradando e saudando-o com sua força, e seguiu até a frente de Pai Joaquim, onde também se abaixou, dizendo ao preto-velho:

— Zambi aqui me enviou para, em Seu nome, trabalhar pelos necessitados. Peço sua licença para me manifestar em sua casa.

— A licença foi concedida, meu bom boiadeiro e amigo — respondeu Pai Joaquim. — Outrora, aqui chegou para ser ajudado por minhas mãos; e aqui chega novamente, sob a minha bênção, para ajudar aqueles que precisam.

O preto-velho e o boiadeiro se abraçaram enquanto os presentes tudo observavam.

O boiadeiro se levantou, dirigindo-se para o meio do salão do terreiro, e tomou a palavra, dizendo:

— Com a licença de Pai Joaquim, os saúdo e me apresento a vocês. Eu me chamo Zé do Laço, o boiadeiro de Jesus, e venho para cumprir uma missão de caridade, ajudando todos os filhos da Terra — finalizou o boiadeiro, dando um forte brado e puxando sua toada de apresentação.

No plano físico, após o término dos trabalhos, os médiuns comentaram sobre a chegada e a energia da nova entidade que se manifestara. No plano espiritual, Pedro foi até Pai Joaquim para agradecer, mais uma vez, pela oportunidade.

— Filho — respondeu o preto-velho —, os trabalhos estão apenas começando; você tem uma longa caminhada na estrada da caridade. Ainda trabalhará muito com Jussara e com outros médiuns.

— Sim. Que assim seja e assim se faça! Mas, de qualquer forma, agradeço de todo o coração chegar por suas mãos, meu pai.

Com o tempo, Zé do Laço foi ganhando novas oportunidades de trabalho com a médium Jussara. Passou a baixar uma vez por semana, pela tarde, para dar consulta fora dos dias de sessão. Além disso, Ubirajara apresentou Zé do Laço a outros médiuns e mentores espirituais, e ele assumiu novos compromissos e frentes de trabalhos espirituais em outras casas com outros tarefeiros.

Assim, seguiu a trajetória do Boiadeiro Zé do Laço, expandindo os ensinamentos de Jesus por meio da caridade.

ZÉ DO LAÇO

15
PALAVRAS FINAIS

— É, Pai José, essa é a minha história... — falou Zé do Laço, em tom reflexivo. — Lá se vão mais de oitenta anos que baixo nos terreiros de Umbanda. Em todos estes anos, que parecem ter passado em um piscar de olhos, muito aprendi, amadureci e servi. Em minhas orações, sempre agradeço a oportunidade que o Pai me concedeu de ter me tornado um boiadeiro.

— Entendo, meu filho — disse Pai José de Aruanda —, mas pode nos contar o desenrolar dos fatos na casa do senhor Hamilton?

— Claro! Depois de se aposentar, o senhor Hamilton se dedicou integralmente aos trabalhos caritativos na Linha de Umbanda. Desencarnou aos setenta anos e deixou uma enorme lacuna para aqueles que conviviam com ele. Porém, foi recebido com muitas comemorações pelas inúmeras almas que ajudou por meio da ferramenta da mediunidade. No momento da morte de seu corpo físico, estava rodeado de muito amor pelos filhos, esposa, netos e bisnetos. Já no plano espiritual, o quarto estava lotado, e o próprio Pai Joaquim conduziu o desligamento do espírito ao corpo físico do médium, levando-o em seus braços para o regresso à pátria espiritual. Hoje em dia, Hamilton continua como um exímio trabalhador da falange de Pai Joaquim, preparando-se para, em breve, baixar nos terreiros, dando sequência ao trabalho, mas, agora, do lado de cá da vida.

Zé do laço prosseguiu, dando mais detalhes:

— A casa de Pai Joaquim continua ativa até os dias de hoje, seguindo a raiz da Umbanda plantada com fé, amor e caridade por Hamilton. Na atualidade, a casa é dirigida por uma bisneta do fundador. Pai Joaquim, como mentor espiritual da casa, continua dirigindo os trabalhos, sem se manifestar em terra. Sempre corro minha gira naquela canjira de Umbanda; trago no coração, com muito amor, carinho e gratidão, as lembranças que me enlaçam àquela banda. Também sou muito grato à médium Jussara, que hoje em dia já se encontra reencarnada no mesmo núcleo familiar. Sempre que possível, estou ao lado dessa amiga, e tenho o compromisso de voltarmos a trabalhar juntos na Umbanda.

O boiadeiro continuou:

— Outro amigo que fiz para a eternidade, e que continuo a carregar no coração, é o Caboclo Ubirajara Peito de Aço. Hoje, esse espírito, especificamente, não baixa mais nos médiuns dos terreiros de Umbanda, e é um dos responsáveis diretos pelos demais espíritos que compõem a Legião dos Caboclos. O mesmo se dá com o amigo Zé do Laço, que outrora me resgatou. Quanto aos meus entes queridos, vivemos na grande roda da vida, ora do lado de cá, no plano espiritual, ora do lado de lá, no plano físico. Minha mãe, Lindalva, ainda está no plano espiritual, trabalhando, e meu querido avô Ataíde reencarnou há pouco tempo; ele, mais uma vez, assumiu o compromisso de receber como filho o meu pai, Thomas, que passou uma longa temporada nas regiões umbralinas. Enquanto isso, o espírito endurecido de papai segue se aprimorando na colônia à qual pertence — concluiu Zé do Laço.

— E quanto a você, o que espera para o futuro? — perguntou Pai José.

— Enquanto Deus me permitir, pretendo continuar servindo como um simples homem do campo, conduzindo o rebanho do Senhor como Zé do Laço, o boiadeiro de Jesus, a fim de que, no momento certo, eu possa regressar à Terra, através da dádiva da reencarnação, e colocar tudo o que aprendi em prática, resgatando e reparando conscientemente minhas imperfeições por meio dos valores morais exemplificados por Cristo.

—Meu amigo Zé do Laço — tornou a falar Pai José de Aruanda —, agradeço por partilhar sua história conosco, permitindo que os filhos da Terra aprendam por meio de seus exemplos.

Zé do Laço sorriu para o preto-velho, abraçando-o e se despedindo com uma toada, como a falange dos boiadeiros chamava os pontos-cantados:

> Pedrinha miudinha,
> pedrinha de Aruanda, aê
> Lajedo tão grande,
> tão grande na Aruanda, aê

— Pai José — disse Zé do Laço, sorrindo enquanto caminhava —, que eu seja sempre uma pedrinha miudinha neste mundão de meu Deus!

ZÉ DO LAÇO

POSFÁCIO

Pai Caetano de Oxóssi[17]

Qual caminho devo tomar para a comunhão com o Divino? Como encontro Jesus? Como a Umbanda pode me ajudar a ser feliz?

De tempos em tempos, questionamos a nós mesmos sobre nosso reencontro com Deus. Buscamos em livros, conversas, consultas e rezas por diversas maneiras de permanecermos no caminho da verdade.

Nossos corações ainda se apequenam diante de nossos erros, fracassos e defeitos. E isso nos faz deixar a fé de lado, pois cremos estar tão distantes de Deus que a chegada à porta do Orun é impossível.

Ao ler *Zé do Laço: a consagração de um boiadeiro*, além de inúmeros ensinamentos e de compreensões sobre os mecanismos de funcionamento dos terreiros e da Umbanda, temos a oportunidade de conferir o testemunho de um caminhante, de uma alma entre mi-

---

17 Dirigente do *Terreiro de Umbanda Luz Amor e Paz* (TULAP) e da *União dos Terreiros Caboclo Mata Virgem* (UTUMV). É autor dos livros *Ecos de Aruanda* (Legião, 2018), *Jornada de um caboclo* (Legião, 2019) e *Guias e apóstolos: mensagens bíblicas na Umbanda* (Legião, 2021).

lhares, que compreendeu que todos os filhos e todas as filhas de Deus conseguem encontrar um caminho de comunhão com os orixás.

Seu Zé do Laço, o boiadeiro de Jesus — como se autodenomina nosso amigo espiritual e guia de jornada —, demonstra, de forma encantadora, a verdadeira face do Divino — o Pai das oportunidades de iluminação. Ele descortina a face materna de Deus, que nos acolhe e ampara na dor, mas de imediato nos põe no caminho como aprendizes e nos concede a oportunidade de sermos luz.

Este livro nos leva a uma viagem pelo tempo e pela vida desta alma abençoada que nos conduz por caminhos cheios de oportunidades geradas pelas mãos benditas da Grande Mãe celestial. Zambi não nos julga, não nos condena nem nos aprisiona; Zambi nos concede várias chances de nos aproximarmos do Sagrado. É isso que Seu Zé do Laço nos ensina e nos incentiva a viver.

Dizemos que somos muito jovens ou muito velhos; que somos muito ocupados, muito desastrados ou muito imperfeitos para seguir um caminho de luz. O boiadeiro de Jesus nos laça pelo exemplo, nos guia pelo amor e nos estimula diante das benesses e maravilhas do caminho de servir a Deus, a Jesus e aos orixás.

Ao nos trazer uma de suas histórias, seu Zé do Laço nos traz a preciosidade de encontramos na Umbanda uma fé abençoada, nos leva a reconhecer a dádiva de vivermos em uma religião que tanto respeita a vida, os povos e a natureza. Umbanda é uma fé de oportunidades de servir a Deus, de evoluir e de ser feliz; é uma fé que respeita e interage com as demais religiões com respeito e fraternidade.

É uma imensa dádiva ver que a felicidade está naquele que encontra o caminho. Demoramos muito na busca vã de nossas alegrias e felicidades em coisas passageiras e materiais. O boiadeiro, a mando de Oxóssi, cercado por Ogum, nos diz, sem palavras escritas ou faladas, que ser feliz é viver no caminho de Deus, no exemplo de Cristo.

Seu Zé do Laço nos ensina, neste livro trazido por Pai Filipi Brasil, pelas bênçãos da intuição e da psicografia, como podemos ser felizes e encontrar Deus e os orixás, ainda que repletos de vícios e erros. Um alento para todos nós!

Cada passagem, cada capítulo nos convida a uma reforma íntima, a uma reflexão de como demoramos a dar a nós mesmos a oportunidade de servir e de seguir o exemplo de Cristo. Que bênção entender que há maneiras de superar nossos erros e nossas dívidas passados. Que bálsamo para as feridas de nossos dias observar que basta querer e nos dedicar para sermos resgatados e abençoados com um caminho de liberdade e amor.

Em uma passagem, pai Joaquim diz que "se a oportunidade surgiu em seu caminho, é porque já se encontra pronto para alçar novos desafios". Quantas oportunidades deixamos passar por crermos que não estamos prontos? Seu Zé do Laço compreendeu esta frase a partir da experiência, não do intelecto. E vivenciar a mensagem trazida por Pai Filipi é deixar a culpa e a preguiça no passado, e viver um presente com ação e entusiasmo — afinal, como diz o personagem principal: "a culpa atravancou minha evolução e meu aprendizado!".

O enredo mostra que, mesmo com imperfeições, dificuldades e erros, devemos seguir o caminho aprendendo e servindo. Não há um só momento em que servir, ajudar, amparar e se colocar à disposição de Deus não seja uma bênção.

Obrigado, Seu Zé do Laço, por me convidar a abandonar a culpa, por me ensinar o caminho da redenção, por não desistir de seguir em aprendizado e trabalho, por salvar tantas almas em sua ação direta e, por hoje, nos ajudar com sua história. Que seu chicote espante o mal, sua corda nos lace por seu exemplo e que sua faca corte os males que impedem que sigamos o caminho que nos ensina. Tenho a certeza de que muitas almas serão laçadas por seu amor, sua humildade e seu exemplo. A minha foi. Espero que o leitor amigo, o irmão e a irmã de fé se permitam enlaçar por seu Zé do Laço, o boiadeiro de Jesus.

Este livro foi composto com a
tipografia Calluna 10,5/15 pt e impresso
sobre papel pólen soft 80 g/m²